BÜLENT GARDİYANOĞLU

EVRENİN İLAHİ DİLİ

"uyanış"

DESTEK
yayınevi

DESTEK YAYINLARI: 268
KİŞİSEL GELİŞİM: 18

EVRENİN İLAHİ DİLİ - UYANIŞ / BÜLENT GARDİYANOĞLU

Genel Yayın Yönetmeni: Ertürk Akşun
Editör: Devrim Yalkut
Kapak Tasarım: İlknur Muştu
Sayfa Düzeni: Cansu Poroy

Destek Yayınları: Ekim 2012
9. Baskı: Ocak 2013
10. Baskı: Ağustos 2013
12.Baskı-13.Baskı: Ekim 2013
14.Baskı: Ocak 2014

Yayıncı Sertifika No: 13226

ISBN 978-605-4607-68-6

İnönü Cad. 33/4 Gümüşsuyu Beyoğlu / İstanbul
Tel:(0212) 252 22 42
Fax:(0212) 252 22 43
www.destekyayinlari.com
www.destekdukkan.com
info@destekyayinlari.com
facebook.com/ DestekYayinevi
twitter.com/destekyayinlari

Kitap Matbaacılık San. ve Tic. Ltd. Şti.
Davutpaşa Cad. No:123 Kat:1 Topkapı/İst.
Sertifika No : 16053
Tel.: 0.212.482 99 10

BÜLENT GARDİYANOĞLU

EVRENİN İLAHİ DİLİ

"uyanış"

DESTEK
yayınevi

Bu kitap,

SAÇINI SÜPÜRGE ETTİĞİ HALDE
KIYMETİ HÂLÂ ANLAŞILAMAYANLARA
ışık olsun...

TEŞEKKÜRLER

Hıdırellez'e adadığı adaklarla dünyaya gelmeme aracılık eden, defalarca yere düşmeme rağmen benden umudunu kesmeyen, aynam, öğretmenim ve üstadım annem Emine Gardiyanoğlu'na...

&

Varlığıyla yaşam sevincimi artıran kızım Delfin Gardiyanoğlu'na

&

Kardeşten öte, canlarım Sadık Gardiyanoğlu ve Uygar Raşit Gardiyanoğlu'na, yengelerim Zelişe ve Nevin'e...

&

Her zaman, "İyilik yap denize at!" diyen rahmetli babam Metin Gardiyanoğlu'na

&

Daha önce yazdığımız ve yayımlanma aşamasına gelen kitabı, tekrar en baştan yazmam için beni motive eden Beki İkala Erikli'ye,

&

Kitabın yazılmasında koşulsuz destekleri ve sevgileriyle yardımcı olan yol arkadaşlarım Özlem Özemin'e, Çiğdem Arkan'a, Mine Karagil'e, Ayçan Özemin Uzun'a

&

Ada Kişisel Gelişim'den Esra ve Şahin Özdemir'e, Yeliz Çatak'a

&

Anahtar Akademi'den Sibel Dev'e ve ekibine

&

Balcı Yaşam Merkezi'nden Zehra ve Metin Balcı'ya,

&

Semra Kızılelma, Necdet Kızılelma ve Adnan Koçmar'a

&

Her zaman koşulsuz destek ve sevgisiyle yanımda olan yol arkadaşlarım Murat Esemen'e, Engin Dilben'e ve Aşkın Koç'a

&

Hukuk danışmanım Avukat Ayşegül Mermer'e

&

Baskı öncesi kitabın taslağını okuyarak yorumlarıyla katkıda bulunan Özlem Tan'a, Ayşe Zor Canlıer'e, Zeynep Uğurgün'e, Suna Gök'e, Leman Balses'e, Sevcihan İşci'ye, Sevilcan Karaoğlan'a, Sevim Karagöz'e, Bahar Akpınar'a, Ümmi Çan'a, Ezgi Bulut'a, Hatice Güneyelli'ye, Hatice Kelekçi'ye, Neşe Kelekçi'ye, Şengül Kelekçi'ye, Gülşah Kelekçi'ye, Yıldız Karakaya'ya, İlkay Noylan'a, Bahtışen Çelik Kılıç'a ve Uyanış-Farkındalık-Arınma ve Yaşam Koçluk Kampları'na katılan tüm yol arkadaşlarıma

&

Dünyanın dört bir yanında bizlere yardımcı olan tüm ışık dostlarımıza

&

Bilgece sözleriyle beni her zaman düşündüren ve kendime gelmemi sağlayan dayım Muaffak Tarazi'ye, tüm aile ve akrabalarıma

&

Evrenin İlahi Dili kitabını yazarken yardım eden, adı burada geçmese de, tüm dostlarıma

&

Yıllarca bana yaşattıklarıyla, bu kitabı yazacak tecrübeye beni ulaştıran herkese tüm kalbimle sonsuz teşekkürler ederim.
İyi ki varsınız...

Hayatımda yolunda gitmeyen bir şeyler vardı. Yıllardır çabalıyordum. Bir türlü hayalini kurduğum yere bırak gelmeyi, yanına bile yaklaşamamıştım. Kontrol etmeye çalıştığım her şey, kontrolümden çıkmıştı. Herkese saçımı süpürge etmiştim, kimse kıymetimi bilmemişti. Hep de beni bulur, hep de benim başıma gelirdi...

Arızalanmaktan yorulmuştum...

Toplumun benden istediği "iyi insan" karakterini elimden gelenin en iyisiyle uygulamaya çalışmama rağmen, kuma batmış araba gibiydim. Gaza bastıkça gömülüyordum ve kendimi çıkmazda hissediyordum. Ne zaman ki fark ettim, korktuğum her şey başıma geliyor, işte o zaman benim için UYANIŞ başlamıştı...

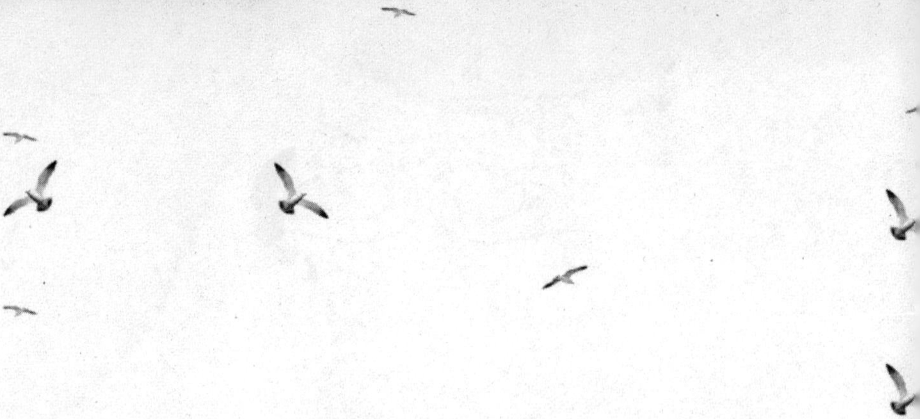

1. BÖLÜM

UYANIŞ

UYKUDAYIM

(Uykudayım, lütfen rahatsız etmeyin...)

Uyanıştan önce, atalarım bana ne öğrettiyse hepsini eksiksiz uyguladım. İyi insan oldum. Ailemin benden bulmamı istediği işi buldum. Sabah sekizde işime gittim, akşam evime geldim. Benden kurulması istenen yuvayı kurdum. Canla başla çalışarak hayatıma devam ettim. Herkesten çok çalıştım. Toplumun "iyi insan" diye nitelendirdiği kişi oldum. Etrafımda herkese emeğimi, sevgimi, bolluğumu, sahip olduğum birçok şeyi gözümü kırpmadan her seferinde verdim.

Hayatım bu şekilde akıp giderken hep hayatın içindeki ince detayları da görmeye çalıştım. Bazen insanlara, sonra da dönüp kendime baktığımda, "Ben bu dünyaya okumaya, bir diploma almaya, o diplomayla kapı kapı gezip garanti bir iş bulmaya ve ömrümün sonuna kadar hep birilerine yaranmaya çalışıp, emekli olup öleceğim günü beklemek için gelmedim..." derdim.

Ne yazık ki kendimden daha çok dinlediğim insanlar vardı. Onları kendi gözümde o kadar çok ön planda tuttum ki, bir de baktım ben onları yücelttikçe, kendimi ihmal ediyorum.

Bir gün kendime sordum:

"Kendim için ne yapıyorum?"

Cevap:

"Hiçbir şey..."

"Kendim için bir şeyler yapmalıyım!" diye düşündüm.

Sonra döndüm baktım, "ben"le başlayan cümleler kötüymüş. Herkes "ben" kelimesine kötü bir anlam yüklemiş. "Ben=bencillik!" demişler. Bana bencilliğin kötü bir şey olduğu çocukluğumdan beri sürekli söylenirdi. "İnsanlar ne der?" korkusuyla "ben"im için bir şeyler yapmaktan her zaman korktum ve çekindim. Çünkü kendim için bir şeyler yapmak bana göre kötüydü. Ben de her zamanki gibi etrafımı dinledim. Saçımı süpürge ettim, yemedim yedirdim, içmedim içirdim, elde ve cepte ne var ne yoksa her zaman verdim. Vermenin bir erdem, almanın ayıp olduğunu hep duyduğum için, ben de verdim verdim, alamadım! Hayatım hep bu döngü içerisindeydi.

Bir gün, bir tanıdığımın ölüm haberini aldıktan sonra, "**Bu hayata niye geldim?**" diyerek birkaç gün boyunca yaşamı sorguladım. Ancak ardından yine aynı rutinin içine girdim. Ev-iş, iş-ev, aile ziyaretleri, akraba ziyaretleri... Kendimle baş başa kalmamak için her şeyi yaptım. Her türlü yoğunluğu kendime yarattım. Kendimden kaçtığımın farkında değildim. Diğer insanların (uykuda olanların) yaptığı gibi, kendimi güvende hissettirecek her türlü korumayı yapmaya devam ettim. İşyerinde mutlu olmam önemli değildi. Önemli olan garanti bir maaşımın olması ve garanti bir emekliliğin sigortasıydı.

Hayatımın her noktasında aşırı fedakârdım, vericiydim. İşe ilk ben giderdim, son ben çıkardım. Çalıştığım işyerinde, "Bir damla su boşa akmasın, bir ampul boşa yanmasın..." diye düşünür, her şeyi kontrol ederdim. Ne zaman yerde bir çöp görsem onu alır çöp kutusuna atardım. Bu gösterdiğim özeni başkalarının da göstermesini her zaman bekledim.

İşyerine herkesten önce gelip herkesten sonra çıkan, öğlen molası vermeyen, yemeğini üç dakikada yiyen, tuvaleti geldiğinde bile dişini sıkıp, "Sonra..." diyen ben, her zaman en az maaşı alırdım.

Hiçbir şeyi umursamayan birçok insanın hep daha iyi yerlere geldiğini fark ettim. Ne zaman içimde bir isyan çıksa ve haklarımı aramak için adım atmaya çalışsam, sandalyemden korkudan kalkamaz, oturmaya devam ederdim. "Garanti bir maaşım var ve ben bunu kaybetmemeliyim..." diye düşünürdüm. Çünkü ailemin ve sevdiklerimin hep şu sözleri aklıma gelirdi: "Sesini çıkarma, işini yap, kim ne derse desin maaşını almaya bak. Bu zamanda kaç işsiz var senin haberin var mı?" Ben de her seferinde isyanımın ilk adımında vazgeçerdim.

"Olsun ne yapalım... Elden bu gelir... Bizden çok daha kötü durumda olan insanlar var!" der ve daha iyi bir noktada olabileceğimi bildiğim halde o noktaya varmak için hiçbir şey yapmazdım. Bir de öyle güzel kılıf uydurarak, "Bu zamanda herkes böyle, herkes sıkıntıda, bu yaşadıklarımı birçok kişi zaten yaşıyor..." gibi sözlerle vicdanımı rahatlatırdım.

Yıllarca hayatım bu şekilde sürdü. Ne zaman hayatımı sorgulamaya çalışsam, "Sus, otur, işini yap!" sözleriyle uyumaya devam ettim.

Hayatımda farkındalık ve kişisel gelişimle ilgili kitaplar, televizyon programları karşıma çıkıp duruyordu. Ara sıra da internetten "Kendine değer ver, kendini geliştir!" gibi yazılar önüme geliyordu. Bazılarını okumadan sildim, bazılarına ise şöyle gözucuyla bakıp, "Bunlar saçmalık, hayat bu kadar kolay olamaz, bunlar para tuzağı! Ne yani, ben olumlu düşündüğüm zaman kredi kartı borcum ödenecek mi? Hayatımdaki insanın kıskançlığı, kaprisi, dırdırı bitecek mi?" diye düşünürdüm. Her zaman etrafımdaki insanların bana söylediklerini dinlemeye devam ederek hayatın zor olduğuna inanırdım. Hayatın gerçekleri vardı ve ben o gerçeklerle yaşamalı, hayal kurmamalıydım.

Zenginlerin şanslı olduğuna, başaran insanların bunu paralarıyla başardığına ya da torpille başardığına inanırdım. Gerçekten de çoğu öyleydi. Her geçen gün paraya ve parasızlığa olan gizli öfkem içimde katlanarak artıyordu. Bu öfke bir şekilde özel hayatıma da yansımaya başlamıştı.

Özel hayatıma gelince, bu konuda da, "**Alttan al, idare et. Önemli olan kayık yürüsün. Bu zamanda tekrar yuva kurmak kolay mı?** Her ilişkide olur böyle şeyler..." der ve kocaman bir yalan balonu içinde mutluluk maskemle hayatıma devam ederdim.

Daha sonra beni iyice çaresizliğe sürükleyecek, parasız bırakacak, büyük sıkıntılara sokacak birçok olay başıma gelmeye başladı. Başlarda, daha çok çalışarak, ek mesailere kalarak; yani daha fazla fedakârlık yaparak, "**Zamanla geçer...**" diyerek bu olayları düzeltebileceğimi sandım.

Kurtulmaya çalıştıkça, bataklığa saplanmış insan gibi gittikçe batmaya devam ettim. İnatçı biriydim, dik kafalıydım, "**Ben bilirim, ben yaparım!**" derdim. Bazen de başkalarının söylediklerini sorgusuz sualsiz kabul eder ve yapardım.

Gençliğime ve çalışkanlığıma güvenerek kurmuş olduğum **Güvence Kalesi**'ni korumak için hayatla bir asker gibi canla başla çarpıştım.

Rüzgâr hep karşıdan esti ve ben hep göğüs gerdim. Kendimce kahramanlık yapıyordum. İnadım yüzünden geriye bir adım dahi atmadım. İçim mutsuzdu, yorgundu, ümitsizdi, çoktan yıkılmıştı. Ancak yüzümdeki maskem; güçlü, mutlu, her şeyi kontrol edebilen bir insan maskesiydi.

Eskiden kabullenmediğim ama, "**İdare ederim...**" dediğim o kadar çok şey vardı ki! Şimdi ise her şey idare edemeyeceğim bir noktaya gelmişti.

Kontrol etmeye çalıştığım her şey kontrolümden çıkmış, içimden attığım çığlıklar, feryatlar öfkeye dönüşmüştü. Birikmiş öfkem sebebiyle, farkına varmadan etrafımdakilere kırıcı olmaya başlamıştım. Yıllardır öğretilen her şeyi eksiksiz yapmama rağmen, geldiğim nokta hiç de hoş değildi!

Yüzümdeki maskelerin düşmemesi için çok çaba gösterdim. İçimde savaşlar kaybetmiş, dışımda da güçlü adam olmaktan çok yorulmuştum. İlginç olan şuydu: Bu hayattaki "ben"i güçlü kılacak materyallere tutunup maskemin arkasına gizlendikçe sanki görünmeyen bir güç gelip bana vuruyordu.

Nasıl bir şeydi bu? Bir türlü anlam verememiştim... Ben dürüst, iyi kalpli biri olarak, ibadetlerini yerine getiren, kırgınlıklarını, üzüntülerini başkaları üzülmesin diye içine atan, insanları kırmamak için elinden geleni yapan; yani toplumun arzuladığı o dört dörtlük kişi olmuşken, hayatımdaki her şeyin ters gittiğini görüp kontrolden çıktığını fark etmek benim için daha önce tanımlayamadığım ve anlam veremediğim bir deneyimdi. Durup dinlenmeden çok çalışmama rağmen yetersiz kalmıştım.

Maskemin düşmesinden o kadar çok korkuyordum ki, onu sıkı sıkı tutuyordum... Sanki iki kişi olmuştum. Maskemin dışındaki güçlü *ben* ve maskemin içindeki çıldırmak üzere olan, "**Artık yeter!**" diye bağıran *ben*.

Öyle inatçıydım ki hep zoru seçiyordum. Başkalarının başaramadıklarını başarmak, sanki kendimi ispatlamak için tek yoldu. Kendimi ispatlayarak, insanlara var olduğumu, değerli olduğumu hissettirmeye ve kabullendirmeye çalışıyordum. "**Para kolay yoldan gelmez, ekmek aslanın ağzından midesine indi, para ağaçtan toplanmaz, çok para helal yoldan kazanılmaz!**" lafları beynime sanki kazınmıştı.

Bana öğretilen her şeyi yine dört dörtlük yapmıştım. Ailemin ve toplumun istediği her şeyi! Onların istediklerini yaparsam beni daha çok seveceklerini düşünüyordum. Kendim için yaşamanın bencillik olduğunu düşünerek hep başkaları için yaşadım.

Ama bir de baktım ki dipteyim!

Her zaman, "Erkekler ağlamaz!" demişlerdi...

Ağlamadım!

"Erkek güçlüdür!" demişlerdi...

Güçlü oldum!

"Erkek evin direğidir!" demişlerdi...

Direk oldum!

Ama o direk en sonunda çatırdadı!

O güçlü adam, hayatın attığı tokatları tekrar tekrar yiyerek o kadar çok yoruldu ki, tuttuğu ve kontrol etmeye çalıştığı her şey, sonbahar yaprakları gibi sürüklendi gitti.

Kendimi çok yalnız, çaresiz hissettim. Sabahlara kadar yatakta ağladım durdum. Kimseye belli etmedim. Hayat çok zordu. Öğrendiğim ve uyguladığım hiçbir şey dibe çakılmamı engelleyememişti.

Bu dünyadan göçüp gitmeyi çok istedim. Çünkü kendi içimde başarısızdım, yetersizdim ve artık sevilmediğimi düşünüyordum. Bir işe yaramıyordum, değersizdim. Bunları hissettikçe daha da öfkeleniyordum. Ben öfkelendikçe de aynı olaylar tekrar ve tekrar başıma geliyordu. Mekânlar, kişiler farklı olsa da olaylar ve sonuçlar hep aynıydı.

Önceleri bu yaşadıklarıma bir anlam veremedim. Yapacak bir şey yoktu, artık dipteydim. Bildiklerim hiçbir işe yaramıyordu! Gidecek başka yerim yoktu. Yaradan'a sonsuz inancı olan ben, o'na bile bir an isyan etmiştim.

"NEDEN BEN?"

"İnsanlara hep iyilik yapmama, dürüst ve çalışkan olmama, ibadet etmeme ve insanlarla her şeyimi paylaşmama rağmen neden ben?" diye defalarca sordum.

Ve ölmeyi düşündüğüm bir anda gökyüzüne doğru haykırdım:

"Ya al bu canı ya da cevap ver, neden bu dünyadayım?"

NEDEN BEN?

Defalarca bu soruyu sordum durdum...

Bunalım dönemimde, etrafımda hiç kimse yoktu. Saçımı süpürge ettiğim herkes sanki yok olmuş, ortadan kaybolmuştu! Yalnızdım... Yapayalnız!!!

Sahip olduğum her şeyi kaybetmiştim. İşimden ayrılmıştım, yuvam dağılmıştı ve çok büyük bir borcun içinde kalmıştım. İnsanlara, kendime ve Yaradan'a olan güvenimi kaybetmiştim. Bu hayattan sanki silinip gidiyordum. Dibe vuruşum çok sert olmuştu.

İnsanlara, kendime ve Yaradan'a öfkeliydim, kırgındım. Bir karar vermem gerekiyordu. Ben de "**Neden ben?**" sorusunun cevabını bulmaya karar verdim...

UYANIŞIN İLK ADIMLARI

Uyanışımın ilk adımları isteyerek olmadı. Yaşadığım olaylar beni çaresizliğe, çaresizlik de beni bu duruma getirdi. Hiçbir şekilde bu durumda olmak istemedim. O kadar çaresizdim ki yapacak hiçbir şey yoktu.

Bu durumdan kendimi kurtarmak için araştırmaya başladım.

"Ben bunları neden yaşıyorum?"

"Benim gibi yaşayan başkaları var mı?"

"Yoksa bu dünyada bütün korktuklarını başına getiren tek süper güç ben miyim?"

Araştırdıkça bir şey fark etmeye başladım. Eskiden her şey yolunda giderken, keyifliyken, cebimde paramın olduğu, kendimi güvende hissettiğim dönemlerde, televizyonda, internette ara ara karşıma çıkan, **"Deli saçması!"** deyip elimin tersiyle ittiğim bilgiler artık dikkatimi çekmeye başlamıştı!

Birçok insan gibi ben de dara düştüğümde çıkış yolu aramaya; kendimi sıkıntıdan kurtarmak, ilişkimi toparlamak, hayatıma bolluğu çekmek için araştırmalara başladım.

Okudukça okudum, okudukça okudum! Bazen okuduğum bilgiler kendi içinde çelişiyordu. Daha sonra seminerlere katılmaya başladım. Birileri çıkıyor, bir şeyler anlatıyor, "Uyanın!" diyor... "Farkına varın!" diyor... "Kolaydır!" diyor... "Adım atın!" diyor... Gerisi gelir!" diyordu...

Seminerlerde bilgi aktaranlara baktığımda, "Onun için söylemek ne kadar kolay!" diye düşünürdüm. Belli ki keyfi yerindeydi, başarılıydı ve cebinde parası vardı. Oysa ben bu durumda değildim. Başarmış biri için insanların karşısına çıkıp konuşmak kolaydı. "Tabii senin tuzun kuru, bende de o kadar çok para olsa ben de seminer seminer gezerdim. Bir sürü eğitimi ben de alırdım. O zaman ben de çıkıp konuşurdum böyle. Bende de şans olsa ben de başarılı olurdum..." diye söylenirdim içimden...

Katıldığım seminerlerin bile parasını borç almıştım! Seminerler boyunca ve sonrasında içimden sürekli, "Saçmalama Bülent, hayat zordur, inanma bunlara, hayatın gerçekleri var, bunlar para tuzağı..." deyip durdum. Bende işe yaramayınca da soranlara seminerleri kötülüyordum.

Ne adım atacak cesaretim, ne de maddi gücüm vardı!

Seminerleri benim gibi dinlemeye gelen birçok insan vardı. Hepsi de benzer şeyler soruyordu. Ama en ilginç olan nokta şuydu ki; karşılaştığım herkesin ortak sorusu "Neden ben?" ifadesiydi.

"Vay be!" dedim. "Yalnız değilmişim. Benim gibi başkaları da yere çakılmış ve toparlanmaya çalışıyor."

Zaman hızla akıp gidiyordu. Borçlarımın faizleri arttıkça artıyordu, iyice çıkmaza girmiştim. Bankalardan haciz kâğıtları gelmeye başlamıştı. Cebimde para varken bol bol para dağıttığım zamanlarda canciğer olduğum dostlarım neredeydiler???

Zaman geçmesin, ödeme günleri gelmesin diye dua ettikçe, zaman inadına daha hızlı geçiyordu. Sanki her şey aleyhime işliyordu. Pazartesi yeni başlamışken, bir bakıyordum ki cuma gelmiş. Nasıl bir durumdu bu böyle? Bu tempoda bankalara olan borcumun değil anaparasını, faizini bile ödemem imkânsızdı!!! Borçlar dağ gibi büyüyordu ve ben altında eziliyordum... Üstelik, bu sıkıntılarımı, ailem üzülmesin diye hep içime atıyordum. Ailem, "Nasılsın?" diye sorduğunda, "İyiyim..." diyordum. Ama içimden geçenleri bir ben, bir de Allah biliyordu...

Bu süreçte kendimle ilgili ilk kez şunu fark ettim: "**Bugüne kadar başkalarına harcadığım emeğin, dağıttığım paraların onda birini kendime ayırmış olsaydım, bu durumda olmazdım. Ne borcum olurdu, ne de yuvam dağılırdı. Şimdi paşalar gibi karnım tok, sırtım pek yaşıyor olurdum.**"

Karşıma çıkan bu yeni bilgiler önceleri bana çok ters geldi. Hem araştırıyordum, hem de içimden söyleniyordum. "**Ne demek önce ben? Öyle şey mi olur? Ben bu kadar bencil olamam!**" derdim ve öfkelenirdim. Tabii ki ailem, çocuğum ve sevdiklerim benden daha önemli! "**Atalarımızdan böyle mi gördük,**

ben ailemden böyle mi terbiye aldım?" diyerek bir kenara ittiğim konulardı. Değil uygulamak, üzerinde düşünmemiştim bile...

Sürekli okuyor ve öğreniyordum, ama kendi içimde topladığım bilgilerle ilgili çatışmalar yaşıyordum. Benim için öncelikli olan öğrendiklerimin, ailemden öğrendiklerimle ve dini inançlarımla uyumlu olmasıydı. Bu benim için çok önemliydi! Öğrendiğim her yeni bilgiyi, eski bildiklerimle ve tecrübelerimle kıyaslamaya çalışıyordum. Bu yüzden de içimdeki çatışma gittikçe büyüyordu. Eski bildiklerim ile yeni öğrenmeye başladıklarım iki zıt kutup gibiydiler.

Bir tarafım evet, bir tarafım hayır diyordu. Korktuğum için yeni şeyler denemeye cesaretim yoktu. Çünkü o günlerde elimi nereye atsam kuruyor, hep işlerim ters gidiyordu. Ne denersem deneyeyim bir işe yaramıyordu. Başaramamaktan çok korkuyordum. Değişmem gerekiyordu.

Ben değişirsem insanlar ne der diye endişeleniyordum. İçimden bir ses de, **"Bu yaştan sonra nasıl değişirsin? Zaten senin karakterin bu, ne kadar yırtınsan da çatlasan da gideceğin yol belli. Sen vazgeç** bu sevdadan ve gerçekçi ol. Hayat zor!" diyordu.

Yine çaresizdim. Gidecek bir yerim, yapacak bir işim, sığınacak bir limanım yoktu. Kısır bir döngünün içindeydim.

Yeni bir şey denemekten korkuyordum, ama başka şansım yoktu! Bugüne kadar bildiğim her şeyi tekrar tekrar uyguladım ve tekrar tekrar başarısız oldum. Kendimi geliştirmenin ve hayata farklı bir bakışla bakmanın dışında başka hiçbir alternatifim kalmadı. Hayat beni bir güzel köşeye sıkıştırdı.

Bu süreçte eskiye dönüp kendimle çatışıp, arızaya bağladığımda, aklıma şu sözler geliyor ve kendimi toparlıyordum: "Eskiden, senden yapmanı istedikleri her şeyi yaptın, saçını süpürge ettin, çok çalıştın. Ne var elinde? Kocaman bir sıfır!"

Kendimi değiştirmem şart gibi görünüyordu. İlk başlarda aklıma şu geldi: "Kötü birisi olayım! Acımasız, kesen biçen, kendinden başka birini düşünmeyen, sadece kendi cebini düşünen biri! Ben iyi olayım da başkasına ne olursa olsun. Bana ne diye düşünen biri..." Çünkü zannederdim ki kötüler hep kazanıyor ve yaptıkları yanlarına kâr kalıyor.

Ama bu benim hamurumda yoktu. Denesem de kesinlikle beceremeyeceğimi biliyordum. Çünkü kırgın ve öfkeli olsam da hâlâ insanlara ve Yaradan'a karşı içimde büyük bir sevgi vardı.

"O zaman ne korkuyorsun, kaybedecek neyin kaldı ki?" diye kendime bağırdım. "Madem bugüne kadar insanlara yaranacaksın diye kendini hırpalaman, kıymetinin bilinmesini beklemen bir işe yaramadı ve kaybedecek bir şeyin de kalmadı, ne duruyorsun? Bir kere de kendi kendine kıymet vermeyi dene. Başkalarına yaptığın güzelliklerin birazını da kendine yap... Zaten güzellik yapılacak biri de kalmadı etrafında... Herkes gitti!!!" diyerek yaralı kalbimi avutmaya ve kendimi ilk kez kendim için motive etmeye çalıştım...

Oturup yeni öğrenmeye başladığım bilgiler üzerinde düşünürken bir şey fark ettim. Korktuğum her şeyi, kendi başıma getiriyordum. Bu neydi? Bir çeşit güç müydü?

Nasıl yani? Aklımdan geçenler, nasıl oluyor da hayatıma gerçekten geliyordu? Hakikaten de dönüp geçmişime göz attığımda gördüm ki hep korktuklarımı yaşamışım. Aklıma gelen başıma gelmişti!

Kafam yine karıştı. Korktuğumu başıma getiren bir çeşit "güç" ise eğer:

- Bu güç neydi?
- Nasıl çalışıyordu?
- Bunu nasıl tersine çevirebilirdim?

"Korktuklarım başıma geliyorsa eğer, bu sistemin nasıl çalıştığını çözersem, güzel şeyler de hayatıma gelebilir mi? Durumu kurtarabilir miyim? Yaşadığım her şeyi tersine çevirebilir miyim?" diye kendime sorular sormaya başladım.

İlginç bir şey keşfettim. Ben soru sordukça, sanki hayattan cevaplar geliyordu. Ne zaman aklımda bir soru dönüp dursa, dinlediğim bir radyo programında, televizyonda ya da etrafımdaki insanların konuşmalarında, hatta bir tabelada sorumun cevabını görüyordum. Şaka gibiydi!

Önceleri hepsine **tesadüf** deyip geçiyordum!!!

Dikkat ettim ki kafamdaki sorulara gelen cevaplar tesadüf olamayacak kadar çoğaldı. Bir şeyler sanki benimle, işaretler aracılığıyla konuşuyordu. Önceleri çok korktum. "**Ne oluyor yahu?**" dedim kendime. "**Kafayı mı yiyorum, deliriyor muyum?**" Bunu defalarca kendime sordum!

Durum ne kadar tuhaf görünse de gördüm ki kafamın içindeki sorular, tek tek cevap bulmaya başladı... Bu bir değişim miydi? Değişim böyle mi oluyordu?

Yaptığım araştırmalarda hep gördüğüm, "**İzin verin, değişin!**" sözlerini şimdi hatırlıyordum ve jeton şimdi düşüyordu...

Nasıl yapacağımı bilmiyordum ama bir şeyler benim kontrolüm dışında zaten çoktan harekete geçmişti...

Değişim için, kendime izin vermeyi denedikçe, gerçekten ufak ufak bir şeyler değişmeye başlıyordu sanki!

Evet...

Uyanışım için hayat beni tekme tokat bu yola sokmuştu... Tutunduğum her şeyimi elimden alarak beni buna mecbur bırakmıştı!!!

Hayat bana diyordu ki: **ARAŞTIR VE KİM OLDUĞUNUN FARKINA VAR!**

2. BÖLÜM

FARKINA VARMAK

"Artık yeter bu kadar çektiğim!" dediğimde ok yaydan çıktı.

Hep aynı olayların başıma tekrar tekrar geldiğini, hayatıma hep aynı tarzda insanların girdiğini; her işimde ve ilişkimde hep aynı şeyleri yaşadığımı fark ettim...

Sonra yine araştırmaya devam ettim. Bütün kaynaklarda deniyordu ki düşünceleriniz yaşıyorsunuz, her şeyi hayatınıza **SİZ ÇEKİYORSUNUZ!**

Nasıl yani?

Bugüne kadar yaşadığım her şeyi ben mi hayatıma çektim?

Bunun sorumlusu ben miyim?

Bunların hepsi saçmalık...

Kabul etmiyorum.

Bu düşünce beni fena sarstı. Çünkü suçluyu hep dışarıda aramıştım.

Bu yaşadıklarımı hayatıma neden çekeyim ki? Ben deli miyim de bunları hayatımda isteyeyim? Her şey açık ve netti. Param olsaydı hayat arkadaşım gitmezdi... Arkadaşım düzgün biri olsaydı, kendisine kefil olduğumda kaçıp bütün borcunu bana bırakmazdı. Dostlarım iyi insanlar olsalardı zor günümde beni yalnız bırakmazlardı. Bu isyanlar beynimin içinde döndükçe döndü... Kafam susmuyordu... Sürekli düşünüyordu... Bana zarar veren insanların, bana nasıl zarar verdikleri, yaşadığım haksızlıklar sürekli beynimi meşgul ediyordu... Susmuyorlardı!

Kendimi bulma sürecinde ilerlerken evren diye bir şeyle karşılaştım. Bu nasıl bir şeydi?

Bilim adamları diyordu ki: Evren ve evrendeki her şey enerjiden oluşmuştur. Bu bana çok ilginç geldi. Bilimsel bir açıklamaydı ve inanmam için kendime ispatım olabilecekti! Çünkü bu demekti ki her şey enerjiden oluşuyordu... Hava, su, toprak, ben...

Yaptığım araştırmaların Kuran-ı Kerim'e, peygamber efendimizin ve diğer dinlerin peygamberlerinin söylemlerine de uyması benim için önemliydi ve bana kendimi daha güvende hissettiriyordu. Yaşadıklarımın sebebini bulmaya çalışırken, yanlış yollara sapmak istemezdim!

Araştırma yolunda devam ederken, bilim adamlarının bahsettiği bir konu daha vardı: "Çekim Yasası."

Çekim yasası diyordu ki: Düşüncelerimiz bir enerji oluşturur ve bu enerji de düşündüklerimizi hayatımıza çeker.

Çekim yasasını ilk araştırmaya başladığım dönemlerde hep şu tepkiyi verdim: "Hadi canım sen de! Bütün başıma gelen şeyleri, ben başıma getirmiş olamam!"

Bir tarafım bilim adamlarının açıklamalarına inanıyor, diğer tarafım ise isyan ediyordu! Bu **ikilemi uzun** bir süre yaşadım. Üzerinde düşünüp, yaşadığım olayları tekrar gözden geçirdiğimde fark ettim ki; bugüne kadar yaşadığım birçok olumsuz olay için ya insanları suçlamıştım ya da imkânsızlıkları. Bu olayları hayatıma kendimin çektiğini kabullenmek hiç de işime gelmiyordu. Birilerini suçlamak daha kolay ve pratikti. Her ne kadar dibe vurmuş ve çaresiz de olsam, eski mükemmeliyetçi "ben"in maskesinin bir kısmı hâlâ yüzümdeydi. Aslında kolaydı birilerini suçlamak ya da kendimi kurban olarak görmek. "O bana böyle yaptı, arkadaşım bana borç taktı..." vesaire deyip başkasını hedef gösterdiğimde, beni dinleyenler bana hak veriyordu ve bu beni mutlu ediyordu! Yaşadıklarıma yandaş bulmak ne kadar da güzeldi! Her şey açık ve netti. Ben masumdum, onlar da kötü! Ve insanlar bu durumda üzerime gelmiyordu. Kendimle yüzleşmekten daha kolay bir yoldu bu!

Bir dönem sürekli hastalandım, bir başka dönem de hep uyumak, hiç uyanmamak istedim! Kaçıp gitmek istedim! Belki başka bir şehre gidersem her şeyin düzeleceğini düşündüm.

Hayatımı kabule geçme safhasında çok zorlandım. Çünkü ben, iyi, düzgün biriydim herkese iyilik yapardım ve görünmeyen bir şey tarafından cezalandırıldığımı hissediyordum.

Günlerce sürekli düşündüm!!!

Bir şey fark ettim: Ne kadar inatçıysam, hayat bana o kadar sert vuruyordu.

Maskem ne kadar kalınsa, hayattan gelen sert darbeler tahmin edebileceğimden daha fazla artıyordu. Bir dönem kendi içimde çok büyük çatışmalar yaşadım. Ama sonunda film aslında yine başa döndü. Mantıklı bir şekilde oturup düşündüğümde baktım ki bugüne kadar korktuğum her şeyi yaşamışım. Aklımdan geçen bütün olumsuzluklar gerçekleşmişti. Bunun tekrar farkına varınca, kafam bir kere daha karıştı. O zaman ben ya geleceği gören bir medyumdum ya da korktuklarını başına getiren, düşünceleriyle geleceğini şekillendiren biriydim.

Yaşadıklarıma dönüp baktığım zaman, Allah'tan başka kimse geleceği bilemez. O zaman geriye tek bir seçenek kalıyordu. Düşündüklerim bir şekilde hayatıma geliyordu. Artık çekim yasasını kavramaya başlamıştım.

"Güzel sözler söyleyin, güzel amellerde bulunun ki güzel şeyler yaşayasınız."

(Hazreti Muhammed S.A.V.)

Bu sözü görünce dedim ki kendime, demek benim güzel şeyler yaşayabilmem için, güzel şeyler düşünmem, güzel ve iyi şeylere niyet etmem gerek.

Hayatın güzelliklerine odaklanmalıydım!

Aklımdan geçen düşünceler, karşıma olaylarla ya da insanlarla gelmeye başladığında, düşündüğüm her şeyi hayatıma çektiğimin farkına vardım. Bu ilk başlarda beni çok korkutmuştu... Çünkü düşüncelerim benim kontrolümde değildi!

Diğer bir yandan da iç çatışmamda "hakkımı yiyen, canımı yakan, beni dolandıran, aldatan, yüzüstü bırakan insanları hayatıma benim çekmiş olduğum" fikri hiçbir şekilde benim için kabul edilebilir değildi. Çok uzun süre, bu çelişkiyi hayatımda ciddi şekilde yaşadım. Her seferinde, "Haaayıııırrr!" diye bağırıyordum. "O kadın kötü kadın, beni dolandıran adam kötü bir adam, bana yalan söyleyenler kötü insanlar, bunları hayatıma ben çekmiş olamam. Ben kötü biri değilim, kabul etmiyorum... Kimse bana bu konuda tek bir kelime dahi söylemesin. Benim bu insanlarla uzaktan yakından hiçbir bağım olamaz!" diye kendi içimde isyan ettim durdum. Öğrendim ki, insanların gerçeği ilk duyduklarında bu şekilde tepki vermeleri doğalmış. Daha önce bu yoldan geçenler de aynı benim gibi direniyorlarmış.

Yıllardır kurduğum, sürekli kontrol altında tutmaya çalıştığım bir yapı vardı. O yapının içerisinde "iyi-kötü", "güzel-çirkin", "doğru-yanlış", "ödül-ceza" gibi kavramlar vardı. Bu eski öğretilerimle "Her şeyi hayatıma ben çekiyorum!" öğretisi bir türlü örtüşmüyordu. Çünkü o güne kadar başkalarının gösterdiği değer yargılarına hep önem ve öncelik vermiştim.

Başkalarını mutlu ederek, kendimi onların mutluluğu üzerinden mutlu etmeye çalışan biri olarak ne yapacağımı şaşırmıştım. Çünkü kendimi mutlu etmeden, başkalarını mutlu edemeyeceğim bilgisi bugüne kadar öğrendiğim her şeyin tam tersiydi. "Önce sevdiklerim!" yerine, "Önce ben!" kelimesi ne kadar da ağır ve bencilce geliyordu bana... Geçmişte "ben" kelimesini ağzıma almaya korkarken ilk kez kendimin ne kadar değerli olduğunu hatırlamaya başlamıştım.

Yıllar önce uçağa ilk bindiğimde hostes acil bir durum karşısında önce maskeyi kendine sonra çocuğuna takacaksın dediğinde tepki göstermiştim. Önce maskeyi kendime takmanın bir bencillik olduğunu, maskeyi önce çocuğa takmam gerektiğini düşünmüş ve hostese çıkışmıştım. Önemli olan ailem ve sevdiklerimdi! Nasıl olur da önce onlara yardım etmez, önce kendimi düşünürdüm! Fakat şimdi anlıyorum ki uçaktaki hostes aslında haklıydı. Uçakta eğer acil bir durum olsaydı; maskeyi önce kendime takmalıydım ki güçlü olabileyim ve yanımdakilere bir faydam olsun.

Başkalarına yardım etmek istiyorsan önce senin güçlü olman gerekir!

Bunu öğrenmem neden otuz yıl sürdü? Bu sefer de bunu kabule geçmede zorlandım.

Kendime değer vermenin, vakit ayırmanın bir hak olduğunu hatırlamak neden bu kadar uzun zamanımı aldı?

Bu sefer de içimde başka bir çatışma başladı. "Neden bu kadar yılımı boşa harcadım?" Kendime büyük bir öfke duymaya başladım. Bir taraftan dışarıda öfke ve kızgınlık duyduğum insanlar, olaylar; bir taraftan içimde kendime duyduğum öfke vardı. Daha da korkutucu olanı, düşündüğüm her şeyin hayatıma geliyor olmasının bilinciydi. Çünkü bu bilinçle, kafamdaki birçok korkunun beni daha da kötüye götüreceğinden korkmaya başlamıştım. İçimde çok fazla korku vardı...

Kaybetmekten,

Yalnız kalmaktan,

Çaresizlikten,

Âcizlikten,

Hata yapmaktan,

Başarısız olmaktan,

Parasız kalmaktan,

Hasta olmaktan,

Dışlanmaktan,

Suçlanmaktan,

Reddedilmekten,

Kabul görmemekten,

Esir olmaktan,

Bırakamamaktan,

Aldatılmaktan,

Sevilmemekten,

Değişimden...

Ve en önemlisi "kontrolü bırakmaktan" çok KORKUYORDUM...

Uzun bir dönem yaşadıklarımı kabule geçmeye uğraştım. Sıkıntılı bir süreçti. Fakat düşündükçe şunları fark ettim:

"İş yaptığım kişi inşallah düzgün biri çıkar da beni aldatmaz!" dedim... Düşüncelerim beni haklı çıkardı. Birlikte çalıştığım kişi beni aldattı!

Arkadaşıma kefil olurken ona, "Sıkı çalış, borcunu düzenli öde, beni zora sokma!" demiştim... Borcunu ödemeyerek beni zora soktu!

Arabamı taksitli aldığımda içimdeki korku aynen şöyleydi: "Ya ödeyemezsem ve arabamı vermek zorunda kalırsam?" Aynen öyle oldu. Taksitlerimi ödeyemedim ve arabamı bir başkasına devrettim! Dönüp geçmişime baktığımda hakikaten şunu fark ettim. Düşündüğüm ya da ağzımdan çıkan her şey gerçek olmuştu. "Vay beee!!! Nasıl bir durum bu böyle? Eğer ben korkularımdan arınır ve kafamdaki artılarla eksilerin yerini değiştirirsem hayatımdaki her şey düzelecek, hatta iyiye gidecek." Yaşadığım olumsuzluklar bana farkındalık katmıştı, ilk kez umutlanmıştım ve moralim ufak ufak düzelmeye başlamıştı. Sanki hayatıma bir güneş doğuyordu.

"Eğer kendi hayatımı düşüncelerimle dibe götürmeyi becerdiysem, bunun tam tersini yaparak hayatımı zirveye de çıkarabilirim!"

Önceleri kendi içimde yaşadığım olumsuzlukların sorumluluğunu almaktan hep kaçtım. Artık eskisi kadar direnmiyordum. Dolanmak yerine, değişimi kabule geçmeye niyet ettim.

"HERKES YENİ BİR BAŞLANGICI HAK EDER!" diyerek ilk adımı attım...

Bugüne kadar alışmış olduğum olumsuz düşünce yapımı toparlamaya karar verdim. Ödemem gereken çok fazla borç vardı. Ve sürekli borcumu düşünüyordum. Borcumu düşündükçe, onun büyüdüğünü fark ettim. İlginç bir durumdu!!! Nasıl ödeyeceğim, nasıl yapacağım diye sabahlara kadar düşünüyordum ve borcum büyüyordu. Faiz sürekli katlanarak artıyordu. Olumlu düşünmeyi deniyordum. Ancak beş on dakika olumlu düşünmeyi becerebiliyordum. Sonra arkasından bir ses yine başlıyordu konuşmaya: "Nasıl ödeyeceğim? Nasıl yapacağım?"

Cebimdeki küçük kırıntı paralarla piyango bileti ya da loto tarzı şans oyunları oynamayı denedim. Hiçbir şey çıkmadı. Bu sefer çok şanssız olduğumu düşündüm ve kendimi toparlamaya çalışırken daha da karamsarlaştım. Bu sıkıntıların neden hayatıma geldiğini çözmek istemiyordum. Hep bir yerden toplu para gelsin de borçlar ödensin hayat bir anda yoluna girsin istiyordum. Zaman kaybettiğimin yine farkına vardım... Her seferinde başa dönüyor, sonra toparlanıp düşüncelerimi olumsuzluklardan temizlemeye çalışıyordum. Sadece borca odaklanmıştım. Borç da gittikçe dağ gibi olmaya başlamıştı. Sonra bir gece düşünürken, "UYAN! Sen borç dedikçe borç büyüyor ve sadece zaman kaybediyorsun. **Düşüncelerini para kazanmaya odakla!**" dedim. İşten ayrıldığım için bir işim yoktu. Kendime önceleri iş baktım, şirketlere başvurdum. "Biz sana geri döneriz..." dediler ve gönderdiler.

Birçok iş görüşmesine gittim. Sonuç hep aynıydı... Beni arayan, görüşme için çağıran olmadı...

Daha sonra kendime sordum: "**En iyi yaptığım iş nedir?**" Kafamın içinde cevap hemen belirdi: "**Grafik tasarım.**" Ben de hemen bir proje geliştirmeye başladım ve projemin hayata geçmesi için adım attım.

Borcu düşünmek yerine zor da olsa işimi düşünmeye başladım. İşlerime odaklanabildiğim süre içerisinde şunu fark ettim: Borcumu düşünmeyip işimi düşündüğüm zaman, hayatıma gelen bolluk ve bereket artıyordu. Ama bu kısa süreli oluyordu. Dikkatim çabuk dağılıyordu ve geçmişte kalbimi kıran, canımı yakan insanlar ve olaylar sürekli aklıma geliyordu. Bunları hayatıma kendim çektiğim bilgisini bazen kabul ediyor bazen de kabul edemiyordum. İşe odaklanma konusunda çok uğraştım. O güne kadar hep başkalarına hizmet etmiştim. İlk kez kendim için bir şey yapmanın ne olduğunu anlamaya çalışıyordum. İşime olan konsantrasyonum kısa sürüyordu. Konsantre olabildiğimde ise başarı elde edebiliyordum. Şimdi bunu artırma zamanıydı. Geçmişteki olumsuzlukları düşünmekten vazgeçip, o an yaptığım işe konsantrasyonumu sağlamam gerekiyordu.

Bunu başarabilirsem, yeni bir başlangıç yapabilecektim...

Düşündüklerimi hayatıma kendimin çektiğini ve artık bunun sorumluluğunu alma zamanının geldiğini acaba kabul edebilecek miydim?

3. BÖLÜM

KABULE GEÇMEK

İlk başlarda bu "kabule geçme" konusunda oldukça zorlandım. Ben kendimi hep "iyi insan", bana zarar verenleri de "kötü insan" olarak görüyordum. Her olayı bol bol Allah'a havale ederdim. "Allah'ından bul!" derdim. Her zaman haklı çıkmaya çalışırdım. Haklı çıkmak benim için çok önemliydi. Çünkü sonradan fark ettim ki "suçlanma korkum" vardı. Fakat ilginç olan hayatıma hep böyle insanların gelmesiydi. Kendim gibi insanların! Onlar da hep son sözü söylemeye, kendilerince hep haklı çıkmaya çalışıyorlardı. Aynı benim yaptığım gibi! Bense onları hep suçluyordum; onlar "kötü"lerdendi, bense "iyi"lerdendim.

Çocukluğumda belli kural ve kalıplarla büyümüştüm. "İyi insan", "dürüst insan", "namuslu insan", "yalan söyleyen", "hırsızlık yapan", "kötülük yapan" gibi kafamın içinde bir sürü kalıp vardı. Ben büyüdükçe bütün bu kalıplar kafamın içerisine iyice yerleşmeye başladı.

Yaşım ilerledikçe gördüm ki buna benzer kalıplar dünyanın her yerinde vardı. Birçok felsefede ve dinde hep "iyilik"lerden bahsediliyordu. Ben de, onlarda bahsedilen "iyi insan" vasıflarına uymak için elimden geleni yaptım. Ve ilginçtir ki "iyi insan" olmayı becerdiğimi sandım.

Kendi içime dönüp bakmaya başladıkça dürüstlükten bahsederken aslında ben, çoğu zaman kendime dürüst davranmadım. Başkalarının yalanlarını yargılarken, kendi içime dönüp, "Acaba kendi kendime yalan söyledim mi?" diye hiç sormadım.

Acaba ben kendimi şimdiye kadar kaç kez kandırdım???

Yıllarca bu "kendimi kandırma" işini "iyi niyet" adı altında defalarca yapıp durdum. O dönem her ne yaşıyorsam aslında o anda oluşmamıştı. Yaşadığım bu olumsuz olaylar, daha önceden düşüncelerimle ektiklerimdi. Şimdi hasadını yaptıklarım geçmişte tarafımdan düşünceler yoluyla ekilmiş tohumların meyveleriydi. Ne zaman ekmiştim? Yıllaaaar önce...

İşte şimdi, geçmişte bilerek veya bilmeyerek yapmış olduğum her şeyi kabul etme zamanıydı...

Bilerek ya da bilmeyerek ben de başka canlıları kırmış veya üzmüş olabilirdim. Allah bilir bunu kaç kere yapmıştım! Yani kendimce oluşturduğum "Ben iyi insanım!" kalıbıyla gururlanırken, acaba kaç kez bu kalıptan çıkmıştım?

Şimdi dönüp bakıyorum da, diğer birçok insan gibi ben de hep dürüstlükten bahsetmiştim, oysa kendime dürüst olmamıştım. Yalan söyleyen birçok insanı yargılamıştım ama ben kendi kendime yıllarca yalan söylemiştim.

"**Spora başlayacağım...**" diyeli kaç yıl geçti? Ve ben hâlâ spora başlayamadım...

"**Diyete başlayacağım...**" diyeli kaç zaman geçti, hâlâ diyete başlayamadım...

Yalaaannn! Hem de kuyruklu yalan!

Demek ki bugüne kadar kendimi "doğrucu başı" görüp de başkalarını yargılarken, aslında dönüp birazcık da aynada kendime bakmam gerekiyormuş! Burada amacım kendimi kötülemek ya da suçlamak değil. Buradaki amacım kendimle yüzleşmek!

Farkına varmadan kutuplaşmıştım, "iyi-kötü",

"güzel-çirkin", "akıllı-aptal", "çalışkan-tembel", "başarılı-başarısız", "zengin-fakir" kavramları sürekli olarak kafamın içinde dönüp duruyordu...

Bir şey daha fark etmiştim. Ben ne zaman herhangi bir düşüncenin ya da fikrin oluşturduğu kutba kaysam, karşıma da zıt kutuplardan insanlar ya da olaylar geliyordu.

Rahibe Teresa'nın bir sözünü hatırlamıştım. Yıllar önce kendisinden "**savaş karşıtı**" bir gruba katılması istendiğinde kendisi "**herhangi bir fikrin karşısında yer almayacağını, barış için bir grup oluşturulursa katılabileceğini**" belirtmişti.

Bir fikrin ne kadar çok karşıtı olursam, karşıtı olduğum fikri o kadar güçlendirdiğimi fark ettim. Bu sebeple kafamın içindeki bu kutuplardan artık kurtulmam gerekiyordu.

Önemli olan affetme ve kabullenme dönemini atlatırken her olaya karşı NÖTR olabilmek, kendini ve bütün insanları oldukları gibi kabullenebilmekti. Nötr kalabilmek için, "Önce ne yapmalıyım? Kendimi nasıl kabullenebilirim?" diye düşündüm.

Nötr olabilmek için, önce kendimle yüzleştim. Hayatıma olayları düşüncelerimle çağırdığımı kabul ettim. Hakikaten zor olmuştu burası. Ama kendi sorumluluğumu ve yaşadığım olayların sorumluluğunu artık almıştım.

İnsanlar ne yaparsa yapsın, tepki vermek yerine, "**Ben neden bu olayı hayatıma çekiyorum?**" diye düşünmeye başladım. İlk başlarda, her şeyi bu filtreden geçiriyordum. Her olayı tek tek incelemeye başladığımda, bir de baktım ki, kafayı yiyorum. "**Her şeyi ben mi çekiyorum?**" diye sürekli söylendim durdum. Sonra bunu kendi içimde tekrardan filtreden geçirdim ve yeniden düzenledim. Dikkat etmem gerekenler; olaylar, yakın bağlarım olan insanlar, değer verdiğim insanlar, sürekli iletişim ve paylaşım içinde olduğum insanlardı. Atalarımızın dediği gibi, "**Taş uzaktan gelmez.**" Sınavlarımız yakınımızdaki insanlarlaydı.

Sınav yaşadığım herkesi oldukları gibi kabullenme adımını attım! Bu adım benim için önemliydi...

Hayata farklı bir açıdan bakmaya başladı-

ğımda, doğru bildiğim birçok şeyin yanlış, yanlış bildiğim birçok şeyin de doğru olduğunu fark etmeye başladım.

Bu aslında dinimizde de vardı. "Hayır bildiklerimiz şer, şer bildiklerimiz hayır olabilir!"

Düşüncelerimden dolayı, yaşadığım olayları ve çevremdeki insanları sorguladım ve şunları uyguladım:

Yalanlarla ilgili: Biri bana yalan söylediğinde, artık kendi içime dönüp, "Ben neden bu insanı hayatıma çektim? Nerede kendime ya da bir başkasına yalan söylüyorum?" diyerek kendimi düzeltiyordum.

Kıymet bilmemeyle ilgili: Biri benim kıymetimi bilmediğinde, hemen "Ben hayatımda kimin kıymetini bilmedim?" ya da "Kendime yeterince kıymet veriyor muyum?" diye döner içime bakardım.

Kıskançlıkla ilgili: Hayatıma kıskanç bir insan geldiğinde, "Ben nerede kıskançlık yapıyorum?" ya da "Kendi kendime kıskançlıklarla ilgili sorunlar çıkarıyormuyum?" deyip içime döner bakardım.

Rekabetle ilgili: Eğer biri benimle rekabet ediyorsa ya da işyerinde beni çekemiyorsa, "Ben nerede rekabetçiyim? Nerede biriyle ya da kendi kendimle rekabet ediyorum?" diye kendime sorardım.

İlgiyle ilgili: İlişkimde eğer karşımdaki sürekli benden ilgi istiyorsa, "Acaba benim ilgiye mi ihtiyacım var? Yeterince kendime ilgi gösteriyor muyum?" diye sorardım.

Tartışmalarla ilgili: Karşımdaki kişi sürekli bana bağırıyorsa, aramızda bir gerginlik varsa içime dönüp "Ben kendi içimde ona bağırıyor muyum? Veya kimlere bağırıyorum?" ya da "Ben kendi kendimle çatışma içerisinde miyim?" diye sorardım.

Çocuğun hareketliliğiyle ilgili: Çocuğum aşırı hareketli ve durmak bilmeyen bir tempoya sahipse, "Benim beynimdeki düşünceler de aynı şekilde durmadan hareket ediyor mu? Sürekli, durmak bilmeden düşünüp duruyor muyum?" diye sorardım.

Tutulmayan sözlerle ilgili: Eğer biri bana verdiği sözü tutmuyorsa, kendi içime dönüp, "Ben nerede, kime veya kendi kendime verdiğim sözleri tutmadım acaba?" diye tekrar tekrar bakardım.

Endişe ve kaygılarla ilgili: Eğer annem benim için durmadan sürekli endişe ediyorsa, "Acaba ben nerede geleceğimle ilgili ya da sevdiklerimle ilgili endişe ediyorum?" diye düşünürdüm. Endişe etmeyi bırakmaya çalışırdım.

Sevdiklerimizin bize zaman ayırmamasıyla ilgili: Biri bana zaman ayırmıyorsa yine içime döner, "Ben nerede kendime zaman ayırmıyorum?" diye düşünürdüm.

Sorumlulukla ilgili: Hayatımda sorumluluklarını almayan biri varsa eğer, "Ben nerede kendimle ilgili sorumluluklarımı yerine getirmiyorum?" diye sorardım.

İkiyüzlülükle ilgili: Karşımdaki kişi dışarıda başkalarına melek yüzlü ama bana karşı kötü davranıyorsa, yine kendi içime döner, "Ben nerede birine ikiyüzlülük yapıyorum?" ya da "Dışımdan mutlu görünüp içimden mutsuzluk mu yaşıyorum? Kendi kendime ikiyüzlülük yapıyor muyum?" diye kendimi sorgulardım.

Cimrilikle ilgili: Karşımdaki kişi herkese bonkör ve bana gelince eli sıkıysa, "Ben nerede bolluğu kendim yerine başkalarına veriyorum? Kendimi nerede ikinci plana atıyorum? Parasız kalmaktan ne kadar korkuyorum?" diye düşünürdüm.

Çocukların ödevleriyle ilgili: Çocuğum ödevini yapmıyorsa, "Ben nerede kendi hayat ödevlerimi erteledim ya da yapmadım?" diye düşünürdüm. Ona kızıp bağırmak yerine, kendi hayat ödevlerimi yaparak ona iyi örnek olmayı seçmeye başladım. Bu da gayet güzel işe yaradı. Sorumluluklarını yerine getiren bir baba, sorumluluklarını yerine getiren bir evlat yetiştirir diye düşünerek, söylemek yerine yaparak örnek olmaya başladım.

Kendi içimde yaptığım tüm bu sorgulamalar sonucunda anladım ki; olayları, kendimi ve insanları kabule geçtikçe, hislerim kendiliğinden güçlenmeye başladı ve olayları çok daha iyi kavramama yardımcı oldu. Üzerimden yavaş yavaş yük kalkıyordu!

Ne güzel bir duygu bu!!!

"Kabuldeyim ve yaşadığım her olayı hayatıma ben çekiyorum ve artık dışarıda suçlu aramıyorum!"

Eski "ben" ile yeni "ben" arasındaki fark, affetmeye ve kabule geçmeye başladıktan sonra oldukça belirginleşmişti. Her geçen gün, hatta her geçen dakikada bile farkındalıklar yaşamaya başlamıştım.

Şükürler olsun, hamdolsun Allah'a...

Hayatıma eskiden yön veremiyordum. Azgın bir nehirde sürüklenen bir dal parçası gibiydim. Ya da sonbaharda rüzgârın alıp gittiği bir yaprak gibi...

Şimdi ise kendimi arındırdıkça, düşünce yapımı değiştirdikçe, hayatıma gelen olayların da değişmeye başladığını fark etmek gerçekten güzel...

Eskiden çocuğum derslerine pek çalışmıyordu. Ben kendime vakit ayırıp kendimle ilgili bir şeyler yapmaya başlayınca, kendime karşı olan sorumluluklarımı yerine getirince, çocuğum da kendisiyle ilgili bir şeyler yapmaya başlamıştı. Defalarca, **"Ödevini getir** yapalım..." dememe rağmen, gece geç vakitlere kadar bir arpa boyu yol katedemezdik. Ne o, ne de ben bu durumdan hoşnuttuk. Anladım ki kızım da benim gibi... Kendini ihmal edip, geleceğinde saçını süpürge edecek olanlardandı... Bu yazgıyı ben kendimde değiştirdiğimde baktım ki kızımınki de değişiyor...

"Ben değiştikçe sadece yaşadığım olaylar değil, hayatımdaki kişiler de değişmeye başladı."

Sistem böyle çalışıyordu!

Ben artık kendimi kabullendim. Kendimi kabullenmek daha temiz, daha güzel, daha rahat ve daha sağlıklı bir enerji üretmeme yardımcı oluyor.

Ben mutlu olmayı hak ediyorum...

Ben huzurlu olmayı hak ediyorum...

Ben sağlıklı olmayı hak ediyorum...

Ben kendimi olduğum gibi kabulleniyorum ve seviyorum...

İnsanları oldukları gibi kabulleniyorum ve seviyorum...

İnsanlarla ve hayatla barış içindeyim...

Yaşadığım hayatın sorumluluğunu sevgiyle alıyorum...

Bu cümleleri kendi içimde defalarca tekrar ettim.

Bu düşünce yapısını kendi beynime ve ruhuma yerleştirmek zaman aldı. Hiç de kolay olmadı. Defalarca isyan etme noktasına geldim. Ama cümleleri tekrarladıkça zamanla kendimi dengeye getirebildim.

Dengeye gelmek ve kabule geçmek daha temiz, daha güzel, rahat ve sağlıklı bir enerji üretmeme yardımcı olmaya başlasa da ancak bu süreçte tekrar bazı engellerle karşılaştım:

Kafamın içinde kendimi "yetersiz", "çaresiz", "başarısız", "değersiz" gibi sıfatlarla sınırlandıran düşünceler vardı. Bu da kendimi kurban gibi hissetmeme sebep oluyordu. Bazen de kendimi üstün görüp, diğer insanlar eğri ben doğruyum frekansına geri dönüyor ve yine yolu karıştırıyordum. Önemli olan insanlarla kendimi eşit görmekti. Çünkü hiç kimse benden daha değerli değil, benden daha az değerli olmayacağı gibi...

Anladım ki kendimi "mükemmel" ya da "kurban" olarak görmekten vazgeçmeliydim. Diğer insanların makam, mevki ya da zenginlikleri, başarıları, malları mülkleri onların insan olarak değerlerinin yükselmesini sağlamıyordu. Hepimiz eşitiz. Özellikle de Yaradan'ın gözünde!

Artık bunları kabule geçmeye başlamıştım. "Kendimi kabule geçmeyi" başarmaya başladığım andan itibaren üstümden büyük bir yük kalkmış oldu.

Bazen bir olay yaşadığımda hemen filtrelerim ve eski yargılarım devreye giriyor, bu da beni tekrar başa döndürüyor ve yoruyordu. Bir anda kendimi haklı, karşı tarafı haksız görüyordum. Aslında sormam gereken soru şuydu: "**Benim bundan ne öğrenmem lazım?**" İlk başlarda sormak pek işime gelmiyordu. Ama bu soruyu sorduğumda fark ettim ki, aslında bu olayları hayatıma, kendimi görebilmek ve tanıyabilmek için çekmiştim.

Bana sorun çıkaran ve benim "kötü insanlar" diye nitelendirdiğim insanlar, aslında benim içimde gizlenen karanlık tarafımı bulmamda bana yardım etmek için hayatıma gelmişlerdi. Beni bana yansıtıyorlardı. Sanki benim AYNAM gibiydiler... Bu durum ilgimi çekti ve araştırmaya başladım. Öğrendim ki hayatıma giren herkes, çoğu zaman benim varlığından haberdar bile olmadığım bir yanımı keşfedebilmem için bana "AYNA"lık yapmak için hayatıma girmiş!

Örneğin; bana iftira atan kişiyi aslında suçlanma korkumdan dolayı hayatıma çekmiştim. Ne ilginç bir durum!

Fark ettim ki kafamın içini toparlayamıyordum. İbadet ediyordum, dua ediyordum ama kafamın içinde de elli bin türlü olumlu ve olumsuz düşünce sürekli dönüp duruyordu. Bir anda dengeye geliyordum, bir anda ise dengeden çıkıp yine arızalanıyordum.

Bu konuyu düşünürken, internette karşıma komik bir yazı çıktı:

Adamın biri cuma namazına gitmiş. Namaz kılarken, yanındaki kişiye sormuş:

"Dışarıdaki satılık yazan araba senin mi?"

Diğer namaz kılan kişi, "Evet, benim..." demiş.

"Ne kadar fiyatı?"

"Yedi bin lira."

"Ben bir düşüneyim..." demiş ve namaz kılmaya devam etmişler.

Birkaç rekât sonra adam yeniden sormuş:

"Ya bu araba yedi bin lira yerine, altı bin lira olmaz mı?"

Arabanın sahibi cevap vermiş:

"Bir önceki rekâtta, altı bin beş yüze diğer tarafımdaki arkadaşa sattım."

Benim de fıkradaki adamdan farkım yoktu. Düşüncelerimi odaklayamıyordum ve dikkatim başka yerlere kayıyordu... Bunu fark ettiğimde şunları yapmaya başladım: İbadet öncesi, burnumdan on kez derin nefes alıp yine burnumdan vererek konsantrasyon çalışması yaptım. Bu oldukça işe yaradı. Günlük hayatımda bir şeyler ters gittiğinde fark ettim ki ağzımdan kısa soluklar alıyorum. Ağızdan nefes alıp verişimi, burun nefesine çevirmeye başladığımda dikkat dağınıklığımın ortadan kalktığını, daha kolay ve iyi konsantre olduğumu gördüm. **"Bir tek nefesle bile hayat bu kadar kolay değişiyorsa, ben de bundan sonra** burnumdan nefes alıp burnumdan nefes vermeyi seçiyorum..." dedim. Bu dönemde kafamın karışıklığını gidermek için aklıma gelen olumsuz düşünceleri çizgisiz beyaz kâğıda yazıp yakıyordum.

Anladım ki kendimi "mükemmel" ya da "kurban" olarak görmekten vazgeçmeliyim. Ben de diğer insanlarla eşitim. Ne kimseden yukarıda, ne de aşağıdayım. Artık bunları kabule geçmeye başladım.

"İnsanları ve yaşadıklarımı kolaylıkla ve sağlıklı bir şekilde kabule geçmeye niyet ediyorum."

4. BÖLÜM

AFFETMEK VE YENİ BİR BAŞLANGIÇ

"Erdemin en büyüğü; seninle ilişkilerini kesene iyilik etmen, senden esirgeyene vermen, sana kötülük edeni bağışlayıp, dost elini uzatmandır."

(Hazreti Muhammed S.A.V.)

Şu ana kadar uyanış sürecimden bahsettim. Yaşadığım her şeyi kabule geçmeye niyet ettim. Bir adım attım ve şu ana kadar olumsuzluk yaşadığım her şeyi ve herkesi affetmeyi seçtim. Buraya kadar güzeldi... Ama gözden kaçan bir şey vardı... Affetmek ve kabule geçmek aynı şey değildi! Kabule geçmekle ilgili kendi içimde çalışmalar yaparken, fark ettim ki, affedemiyorum!

"Affetmek, iyi insanların erdemidir!" derler. Buradan yola çıkarak defalarca affetmeyi denedim. Yaşadığım olayları hayatıma "kendim çektiğim" fikrine ısınmaya başladığım halde bir türlü kabullenemiyor, o olayları ve kişileri affedemiyordum.

İçimden bir ses "Hayıırrr!" diye bağırıyordu. "**Ben sana bu kadar iyilik yapayım, bu kadar emek vereyim, sen bana bunu yap!** SENİ HAYATTA AFFETMEM!" diyordum. Ben "**Asla affetmem!**" dedikçe, hayatıma affedemeyeceğim yeni olaylar ve insanlar çekmeye başladım.

Bir örnek düşündüm: Bir araba yolda arıza yaptığı zaman bu arabayı yolun kenarına çekmeniz gerekir.

Arabayı yolun kenarına alabilmek için iki ayağınızı yere sağlam basıp iki elinizle de arabayı itmeniz gerekiyor. Fakat ben öyle yapmıyordum. Bir elim arkada ve bir ayağım da havadaydı. Kaç kişi bir bacak ve bir elle arabayı kolaylıkla itebilir? Havaya kaldırdığım bacak ve arkama attığım el aslında benim geçmişe takılı kaldığım olaylar ve affetmediğim insanlardı. Sahip olduğum enerjiyi sürekli geçmişteki olumsuz olaylara ve hatıralara gönderiyordum.

Fark ettim ki geçmiş olumsuzlukları düşündükçe ileriye doğru gidemiyordum. Hep olduğum yerde sayıyordum. Kafamın içi susmak bilmeyen bir sürü düşünceyle doluydu ve sürekli "Nasıl yapacağım? Nasıl ödeyeceğim? Nasıl gidecek? Nasıl başaracağım? Ya başaramazsam! Ya olmazsa!" gibi yüzlerce soru kafamda durmadan dönüp duruyordu. Susmayan bir kafa, beni çıldırtıyordu.

Ne zaman geçmiş aklıma gelse, öfkelenip işimi yapamıyordum. Kendi kendimle bir pazarlık yapmaya karar verdim. Enerjimi, geçmişi düşünerek harcamaktan vazgeçecektim.

Bu süreçte, "affetme" ile ilgili birçok çalışmaya katıldım ve birçok teknik öğrendim. İçlerinde en çok iki tanesi işime yaradı.

Birincisi: Burundan derin nefes alıp burundan nefes vermek. (Diyafram nefesi.)

İkincisi: Yaşadığım tüm olumsuzlukları çizgisiz beyaz bir kâğıda yazıp yakmaktı.

Bununla ilgili bir bilgece sözle bile karşılaştım: "**Çok zordur doldurmak, dolu olan bir kabı.**" Olumsuz düşünceler ve hatıralar kafamın içini dolduruyordu. O zaman önce benim dolu olan "kabımı" boşaltmam gerekiyordu.

Beni kıran ve üzen olayları her gün çizgisiz beyaz kâğıda yazıp yakıyordum. Neler yazdığımın ve ne zaman yaktığımın bir önemi yoktu. Ama işe yaramaya başladı. Kimseye söyleyemediğim ve içime attığım o kadar çok şey vardı ki, yazdıkça rahatlıyordum. Yakarken, "**Yaşandı ve bitti!**" diyordum. Yaktıktan sonra daha da rahatlıyordum. Sanki birine anlatıyorum ve içimden silinip gidiyor gibiydiler... Kendi kendime terapi yapıyordum...

Bir ara kendi içimde şüpheye düştüm, "**Acaba ben Polyanacılık mı oynuyorum?**" Polyanacılık bir nevi mutluluk oyunuydu. Benim yaptığım ise, bu olayları neden hayatıma çektiğimi bulmak ve "Ne öğrenmeliyim?" sorusunun cevabını aramaktı.

Fark ettim ki, zamanımın çoğunu geçmişte kızgın ve kırgın olduğum olaylara harcıyordum. Yani enerjimi sürekli kaybediyordum. İlerleyebilmek için insanları sırayla affetmeye başladım. Bu affetme sürecinde, başlarda o kişilerle barışmam, onlarla tekrar konuşmam, görüşmem gerektiğini sanıyordum ki ben bunu yapmak istemiyordum. Bazen şunu bile söylediğim olurdu: "**Benden uzak, Allah'a yakın olsun!**" Bu sözün ne kadar tehlikeli olduğunu çok sonradan fark edecektim. O kişi Allah'a yakınlaşsın, benden uzak olsun dediğimde aslında ben Allah'tan uzak kalıyordum.

Anladım ki, affetmek için o kişilerle görüşmek gerekmiyordu. Kendi içimde affetmem yeterliydi. Eğer içimden geçtiğinde, herhangi bir şey hissetmiyorsam o olayı temizlemişim ve gerçekten affetmişim demekti. Böylece o olaya ya da kişiye gönderdiğim gereksiz enerjiyi, kendim için hayırlı yerlerde kullanabilecektim.

Bu affetme işlemi sürecinde, uzun zamandır görmediğim insanlar bile, ben onları affettikçe karşıma çıkmaya başladı. Ne kadar ilginç bir durumdu! Beş yıldır görmüyordum, üç gün önce affettim ve şimdi karşımda! Şimdi bir yüzleşmedeydim. Karşılaştığımda tekrar öfkelendiğimi fark ettim. Yani aslında affettiğimi sanmıştım ama affetmemişim.

İlahi düzen beni bir şekilde sınıyordu. **"Gerçekten affettim mi? Yoksa affettiğimi mi sanıyorum?"** Bu olay sadece kişilerle kalmıyordu. Yaşadığım olayları da affediyordum. Kısa bir süre sonra benzeri başıma geliyor ve yüzleşiyordum. Benzeri başıma gelince ben tekrar öfkeleniyordum. Kendi içinde kısır bir döngüydü. Affettim diyorum, tekrar karşıma geliyor ve ben yine öfkeleniyorum. Anladım ki affetmemişim...

En sonunda sistemi çözdüm. İlahi düzenin yaşanan tüm olayları affedip sevgiye dönüştürene kadar çalışan bir döngü mekanizması var. Affetmediğim sürece aynı olayları tekrar tekrar yaşıyorum. Bunu fark ettiğimde çok daha kararlı bir şekilde affetmek için çalışmalara başladım. Ve tekrar karşılaştım bu insanlar ve olaylarla. İlahi düzen yollarımızı yeniden kesiştirdi. Eski ilişkimi her gördüğümde sinir oluyordum. Onu gördüğümde öfke ve kırgınlık hissetmemeyi başardığımda o da ben de rahatlamıştık. İlk başlarda bu beni çok şaşırtmıştı.

Saçımı süpürge ettiğim, onu mutlu etmek için elimden geleni yaptığım, uğruna kendimi feda ettiğim kişi karşımda duruyor ve ben içimde herhangi bir öfke veya kırgınlık hissetmiyordum. "**Allahım! Ne kadar güzel bir duyguymuş bu!**" diyordum. Birini affetmek ve daha sonra onunla konuştuktan sonra ona baktığında olumsuz herhangi bir şey hissetmemek güzel bir duyguydu. Hemen içimden, "**Şükürler olsun, hamdolsun!**" dedim.

Zaman içerisinde, affetmeye çalıştığım diğer kişilerle ve olaylarla karşılaştığımda da aynı şeyleri yaşadım. Kızgınlık ve öfke kalmamış ya da azalmıştı. İnsanları affetmek gerçekten harika bir duygu... Özellikle de en çok emek verdiğiniz, en çok canınızı yakan, asla affetmeyeceğim dediğiniz kişileri dahi affedebilmek çok güzel. İçimde bir huzur başladı. Hele de emek verdiğim kişileri affedince...

"**Herhalde bu evrendeki en güzel duygulardan biri...**" diye içimden geçti.

Ben onları affettikçe işlerimin bereketinin arttığını ve hislerimin güçlendiğini fark ettim. Her şey adım adım yoluna girmeye başladı...

Kitabın ilk sayfasından buraya kadar özetleyecek olursak:

1. Hayatımı, bugüne kadar yaşadığım korkularımın yönettiğini fark ettim.

2. Hayatımda bir sıkıntı yaşıyor veya çile çekiyorsam "UYANIP KİM OLDUĞUMU HATIRLAMA VAKTİM GELMİŞ" demektir.

3. Ben ne kadar derin uykudaysam, hayatıma beni uyandıracak o kadar sert olayları ya da insanları çekerim.

4. Yaşadıklarımın sorumlusunu dışarıda aramaktan ve kendimi suçlamaktan vazgeçtim.

5. Yaşadığım olumsuzlukları; olumsuzluk olarak değil, uyanışıma katkıda bulunan, ders almam gereken olaylar veya insanlar olarak algılayıp geçmişimi affettim.
6. Özellikle de, "ASLA AFFETMEYECEĞİM!" dediğim olay ve kişileri de "KENDİ İYİLİĞİM İÇİN" affettim.
7. Affettiğim kişilerle konuşmak ve onları affettiğimi söylemek zorunda değilim.
8. Affettiğimi anlamak için, o kişileri düşündüğümde, isimlerini duyduğumda ya da karşılaştığımda, sakin bir şekilde bir şey hissetmiyor olmamın yeterli olduğunun farkına vardım.
9. Güçlü gözükmek ve herkesi mutlu etmek zorunda değilim.
10. Ohh beee!... Hayattaki en güzel duygular KABULE GEÇMEK VE AFFETMEK...

Affetmek beni ÖZGÜRLEŞTİRİYOR...

ŞÜKÜRLER OLSUN, HAMDOLSUN.

5. BÖLÜM

KENDİNİ AFFETMEK

Hayatın içinde kendimi ya kurban görürdüm ya da hep haklı olmaya çalışırdım. Bir hatamın olabileceğini ya da başka insanları üzmüş olabileceğimi düşünmezdim bile. Bazen de kendi kendimi uzun bir zaman boş yere oyaladığım için, kendime zarar verdiğimin farkına bile varmaz; bunların "benim yüzümden" olduğunu kabul etmezdim.

Hayatımda yaşadığım birçok farklı olay için birçok farklı enerji ürettim. Kimisinde mutlu oldum, kimisinde üzüldüm, kimisinde ağladım, kimisinde kahkahalar attım. Geçmişe dönüp baktığımda, birçok kez iniş ve çıkışlar yaşadım. Güzel çıkmıştım, ardından güzel dibe vurmuştum. Tekrar çıktım. Tam, "Rahata erdim, bu durumu toparladım..." derken bu sefer de hayatımdaki başka şeyler arızalandı ve yine dibe vurdum. Bir şeyi toparlarken diğeri elimden sabun gibi kayıyordu. Neden bunları yaşıyordum?

Ve dönüp şimdi geldiğim noktaya baktığımda, yaptığım seçimlerle (iş, arkadaş, eş ya da sevgili) hayatımın birçok noktasında aslında ben kendime kızdım. Diğer insanlara gösterdiğim tepkiler, bağırmalar, feryatlar aslında kendime olan öfkemdi.

Ben kendime öfkelendikçe, Yaradan'ın o güzel, saf ve temiz enerjisini kendimden uzaklaştırıyormuşum. Kendi kendimi sabote ediyormuşum. İnsan hiç kendi kendini sabote eder mi?

Kendime duyduğum öfke, ben farkında olmadan düşüncelerimi ve yaydığım enerjiyi olumsuzlaştırıyordu. O yüzden ben ne kadar pozitifim desem de, insanları ve olayları affetsem de, kendimi affetmemiş olmam beni ve yaşamımı olumsuz etkiliyordu. Çünkü bu olumsuz enerji, yaymaya çalıştığım olumlu enerjiyi yok ediyordu. Düşündüğüm zaman, fark ettim ki, insanları affetmek, olayları affetmek ve öğrendiklerimi uygulamak yeterli değildi. İşin merkezinde kendi kendime ürettiğim enerji vardı. İstediğim kadar ben pozitifim diyeyim, istediğim kadar olumlama yapayım ya da bana gösterilen teknikleri uygulayayım pek işe yaramıyordu. Çünkü kendimi olduğum gibi kabul edip, affetmemiştim!

Kendimi kabul etmek ve affetmek aslında önemli bir şeydi. Hem de çok önemli bir şey. Çünkü hayatı ve olayları kabullenebilmem için önce kendimi kabule geçebilmem ve affetmem gerekiyordu.

Olumsuz düşüncelerimle, kendi kendimi yavaşlattığımı fark ettiğimde günlerce uyumadım. İlkönce kendimi affetmek yerine tam tersini yapmıştım. Bu sefer, kendime daha da öfkelenmiştim. Kendimi iyice bezdirene kadar, kendimle sürekli bunun kavgasını yaptım. **"Neden bu kadar yılımı boşa harcadım!"** Bu noktada yine başa dönmüştüm!!!

"Yeter yahu! Birini düzeltiyorum, tam şimdi olacak derken, başka şey çıkıyor. Yok mu bunun kolay yolu? Bir düğmesi? Tıklayayım ve para, aşk, mutluluk, huzur hemen gelsin!"

Vardı!!! Ama ben bunu çok daha sonra öğrenecektim... Çünkü ben hayatımda hep zorlukları seçtiğim için uzun yoldan ilerliyordum...

Yeniden araştırmaya başladım. Öğrendim ki en tehlikeli yaratım kendimize kızdığımız zamanlarda başlıyor. "O zaman benim kendime olan öfkemi, kendime olan kırgınlığımı bir an önce affetmem gerekiyor!" diye düşündüm. Bu sefer bunu nasıl yapacağımla ilgili kafam karıştı! Daha sonraları anladım ki kafamın karışması, aslında, yeniden toparlanması için doğal bir süreçti.

Nasıl yapacağım diye düşünürken, önceki taktikleri uygulamak geldi aklıma.

Bunu denemeye karar verdim. Ve daha önce başkalarını affetmek için yaptığım olumlamaları kendime uyguladım. "Kendimi affetmeye niyet ediyorum…" dedim tekrar ve tekrar.

İlk başlarda içimdeki ses "ben"i yargıladı durdu. "Sen bu sözü söylemeseydin o kişi hayatından gitmeyecekti. Sen bu kadar saf saf güvenmeseydin kandırılmayacaktın. Sen bu kararı almasaydın işinden olmayacaktın. Kefil olmasaydın şu an başkalarının borcunu ödüyor olmayacaktın…" gibi yüzlerce sebeple içimdeki ses "ben"i yargıladıkça yargıladı. O kadar bezdirdi ki beni içimdeki bu geveze ses, "Acaba kafamı duvara vursam susar mı?" diye düşündüğüm bile çok oldu! Allahtan yapmadım!

Israrla ve kararlı bir şekilde kafamın içerisine gelen bu düşüncelerden kurtulmak için düzenli olarak olumlamalar yaptım. Kendimde bir şey fark ettim, eğer burnumdan derin nefesler alıp vermiyorsam olumlamalar işe yaramıyordu! Ben de olumlama yaparken burnumdan bol bol derin ve yavaş nefesler alıp vermeye başladım. Bir yandan da çizgisiz beyaz kâğıda canımı sıkan bütün düşüncelerimi yazıp yakıyordum. Böylece "kendimi affetme" yolunda adım adım ilerlemeye başladım. Ve yılmayıp kararlı bir şekilde devam ettim.

Kendimi affetme sürecinde adım adım ilerlerken, geçmişte yaşadığım olumsuzluklar aklıma gelmeye devam ediyordu. Ve bunlar her aklıma geldiğinde kendime yeniden öfkeleniyordum. Yine filmi başa sarıp, kısır bir döngüye girmiştim.

Sonunda en çok nerede zorlandığımı buldum. Hayatımda kime en çok emek verdiysem en ağır darbeyi de ondan yedim. Çünkü verdiğim emek karşılığında bir beklenti içine girdim. Beklentim gerçekleşmeyince de yıkıldım. Bu kadar çok yardımsever ve verici olmayı ben seçtim. Karşımdaki insanların bunun kıymetini anlamamış olmaları beni çıldırttı. İşte en çok burada kendime öfkelendim. Bütün bu olaylar kendimi affetme sürecinde aklıma geliveriyordu. O an sanki içimden dışıma doğru bir canavar çıkıyor ve sinirden köpürüyordum. Yapmış olduğum "enayiliklerle yüzleşmek" sinir bozucuydu. Kendimi kullandırmaya ben izin vermiştim. İzin vermeseydim kimse bana bu şekilde davranamazdı. Kendi kıymetimi kendim bilmek yerine, başkalarına hak ettiklerinden fazla değer verip, sonra da oturup bana değer vermelerini bekledim.

Bunu ben seçtim. "**İlgi ver, sevgi al!**" Bu yaptığımın temelinde değersizlik duygusu vardı. İlgi gösterirsem mutlu olurlar ve bana teşekkür ederek değerli olduğumu hatırlatırlar. Öyle olmadı!

Fark ettim ki; kendimi affetmek, insanları affetmekten daha zordu!

Affettiğim insanları görmek veya görüşmek

zorunda değildim. Ama her aynaya baktığımda kendimi görüyordum. Tıraş olurken, dişlerimi fırçalarken, saçımı tararken gözlerimi kendimden kaçırıyordum. Kendi kendimle göz göze gelmemek için çaba sarf ediyordum! Hayatta her şeyden kaçabileceğimi biliyordum ve kaçtım da. Ama kendimden hiçbir zaman kaçamadım. Çünkü nereye gidersem gideyim ben de "ben" ile birlikte geliyordum. Çalışmalarıma ısrarla devam ettim.

Zamanla bu olumsuz düşüncelerin kafamda uzun süre kalmasını engellemeyi başardım. Herkes gibi benim de aklıma olumsuz düşünceler ya da geçmiş hatıralar, dert ve endişeler geliyordu. Ancak, artık geldikleri gibi kayıp gidiyorlardı. Tıpkı teflon tava gibi olmuştum. Tutunamıyorlardı...

Bunu fark edince şunu yapmaya başladım: **"Doğduğum günden bu güne kadar; beni üzen, beni kıran, hakkımı yiyen, canımı yakan bütün insanları, olayları kabulleniyorum ve affediyorum. Kendi seçimlerimi, geçmiş hatalarımı, gereksiz boşa harcadığıma inandığım zamanı da kabulleniyorum ve affediyorum."**

Hayat seçimlerden oluşuyor. Hayatımdaki her şeyi ben seçiyorum. İşimi ben seçtim, yaşadığım yeri ben seçtim, hayatımdaki insanı ben seçtim ve arkadaşlarımı ben seçtim. Kendime dürüst bir şekilde dönüp bakarsam; hayatımda her ne yaşadıysam kendi seçimlerim! "O zaman neden şikâyet ediyorum arkadaş?"

Kendimi affettikçe rahatladığımı fark ettim. Sanki üzerimden birer birer görünmez ağırlıklar kalkıyordu. Affettikçe rahatladım. Rahatladıkça kendi enerjimin arttığını hissettim. En ilginç olanı da, ben rahatladıkça birçok olay da rahatlıyordu. İnsanlarla olan çatışmalarım azaldı, hatta giderek yok olmaya başladı. Sabahları daha neşeli ve dinç uyanmaya başladım.

Aynaya baktığımda gördüğüm kişiyi affetmek kadar güzel bir şey yoktu. Çünkü her zaman o kişiyi görecektim. Aynada ne zaman kendi gözlerime baksam, neşeli bir sesle şunu tekrarlamaya başladım:

"Bugüne kadar yaptığım tüm seçimler, verdiğim tüm kararlar ve yaptığım her şey için kendimi kabulleniyorum ve affediyorum. Bunlardan dolayı ba-

şıma gelen olumsuzluklar için artık kendimi suçlamaktan vazgeçiyorum. Kendimi bedenen ve ruhen her halimle kabulleniyor, onaylıyor ve seviyorum. Yaşandı ve bitti."

Eskiden "Şimdiki aklım olsaydı..." ya da "Bir akıl verenim olsaydı..." derdim. "O zaman ohooo, Neler yapardım! Bu hataların hiçbirini yapmazdım!" veya "Dünyayı yerinden bile oynatırdım!" diye düşünürdüm. Biraz mantıklı düşündüğümde gördüm ki, şu anki aklımı ve tecrübelerimi zaten o yaşadığım olaylara borçluyum. Yani onları yaşamamış olsaydım, şimdiki aklım olmayacaktı!

"Şimdiki aklım olsaydı yapar mıydım?" sorusuna verdiğim yeni cevabım, en sevdiğim söz oldu: "ŞİMDİKİ AKLIMIN OLMASI İÇİN YAPARDIM." Önemli olan bundan öncesi değil. Bundan sonra ne yapacağım. Bundan sonrası için yaşadığım her şeyi kabule geçiyor muyum? İnsanları affediyor muyum? Kendi yaptıklarımı kabule geçiyor muyum? Kendimi affediyor muyum? Yeni bir başlangıca hazır mıyım? Bunu yapacak cesaretim var mı?

Dışarıyla uğraşmaktan vazgeçtim. Artık başkaları ne yapar, kim kiminle, kim nereye gitti, ne giydi, ne aldı gibi düşünceleri bırakıp dışarıdan gözlemler yerine iç dünyamı sevgiyle takip etmeye karar verdim. Çünkü herkes gibi ben de önce kendimden sorumluyum.

Tüm bu yaşadıklarım aklıma şu hikâyeyi getirdi:

Ülkenin birinde kralın bir kızı varmış. Bu kız çok mutsuz, çok üzgün, kırgın, içine kapanık bir kızmış. Kızın yüzü hiç gülmezmiş. Kral kızının bu durumuna çok üzülürmüş. Bir baba olarak çocuğunun bu haline bir çare bulmak, onu mutlu etmek istemiş. Bu uğurda gerekirse bütün servetini feda etmeye hazırmış. Ve bir gün demiş ki: "Kızımın yüzünü kim güldürürse, servetimi ona bağışlayacağım." Bunu duyan birçok üstat sarayın kapısına gelmiş. Herkes bildiği her türlü tekniği uygulamış ama kralın kızı yine içine kapanık, yine mutsuz ve yine üzgünmüş. Ülkedeki üstatların kızına yardımcı olamadığını kral çaresizlikler içinde izlemiş ve daha da üzülmüş.

Bir gün kralın kızı dolaşmak için saraydan dışarıya çıkmış. Tanınmamak için üstüne eski bir kıyafet giymiş ve halkın arasına karışmış. Şehrin sokaklarında kim olduğunu belli etmeden yürürken, bir kasabın önüne gelmiş. Bir bakmış ki bir sürü koyun ve keçi ayaklarından asılı. Bunu gören genç prenses önce şok olmuş, ardından kahkahalar atmaya başlamış. "İnanamıyorum!" demiş. "Her koyun kendi bacağından asılıyor."

Ben ne yaparsam kendime yapıyorum diye düşünmüş. Bunun farkına vardıktan sonra kendini içine kapatmaktan ve mutsuz olmaktan vazgeçmiş genç prenses. Çünkü artık her koyunun kendi bacağından asıldığını biliyormuş.

Yıllarca birilerinin bana "sevgi sözleri" söylemesini, değerli olduğumu bana hissettirmesini bekledim. Sırf böyle sözler duyabilmek için yıllarca saçımı süpürge ettim. En sonunda bu güzel sözleri kendime söyleyebilmenin ne kadar büyük bir özgürlük olduğunu fark ettim. Kendi içimdeki boş sevgi kabını doldurmak için sevgiyi dışarıda sanki "ilaç tabletiymiş" gibi yıllarca aradım. Şimdi ise arzu ettiğim sevgiyi kendi içimde üretebiliyorum ve etrafımla paylaşabiliyorum!

"Bendeki sevgi sürahisi boşsa, sendeki bardakları nasıl doldurabilirim?"

"Kendimi affettim, seviyorum ve kendime değer veriyorum. Sevgiyi dışarıda aramak yerine kendi içimdeki sevgimi yüceltmeyi, paylaşmayı seçiyorum ve seviyorum. İyi ki varım, iyi ki bu dünyadayım..."

6. BÖLÜM

YARGILAMAK, ELEŞTİRMEK VE SUÇLAMAK

"Kim başkasında gördüğü bir ayıbı kınarsa, o ayıp onun da başına gelmeden ölmez."

(Hz. Muhammed S.A.V)

Buraya kadar her şey yoluna girmeye başladı. Rahatlamaya başladım. Kendimi sevip değer verdikçe insanların da bana değer vermeye başladığını fark ettim. Bu güzellikleri yaşarken arada bazı sorunlar çıkıyordu. Yaşadığım bu sorunları incelediğimde fark ettim ki geçmişte yargıladığım ve eleştirdiğim olaylar aynen başıma geliyordu!

Bugüne kadar eleştirip yargıladığım ve "**Ben olsam, asla yapmazdım!**" dediğim her şey başıma gelmişti. Bir nevi tükürdüğümü yalıyordum.

Bu durum bana, başka insanların yaşadıklarını eleştirmek, yargılamak ve suçlamak yerine onların bu hayat deneyimlerine hoşgörüyle bakmayı ve saygı duymayı öğretti. Herkes kendi hayat deneyimini yaşıyordu ve benim bir başkasını eleştirmeye, yargılamaya veya suçlamaya hakkım yoktu.

Ben eskiden herkesin her yaptığına müdahale eder, eleştirir ve "kendi doğrularıma" göre onları yargılardım. Artık akıllanmaya ve herkesin hayat deneyimini özgürce yaşamasına izin vermeye başladım. Bu farkındalıktan sonra kendi çocuğuma ve etrafımdakilere şunu söylemeye başladım:

"İNSANLARI YARGILAMAYIN, ELEŞTİRMEYİN VE SUÇLAMAYIN."

Bugüne kadar bilerek ya da bilmeyerek yargıladığım herkesten;

Özür diliyorum,

Af diliyorum,

Onları seviyorum,

Teşekkür ediyorum.

Farkındayım ki, yargıladığım her şey benim hayatıma geliyor. Niyet ederim ki herkes bunun farkına varsın. O zaman dedikodu, nazar etme, arkadan konuşma biter. Yaratılan her enerji sahibine geri döner. Ne düşündüğüme dikkat etmeliyim ve benim için kimin ne düşündüğünü de umursamamalıyım. Zaten benimle ilgili düşündüklerini bir şekilde yaşayacaklar!

7. BÖLÜM

DENGEDE KALMAK

Dünyadaki en başarılı cambaz dahi olsan, dengede duramazsan ipten düşersin...

Kendi hayatımda yaşadığım süreçte birçok kez başa döndüm. Yaptığım çalışmaların çoğu zaman işe yaramadığını, sanki havanda su dövdüğümü düşündüm. Kitaplar okudum, okuduklarımı uyguladım ama bir türlü istikrarlı değildim. Toparlanıyordum, sonra tekrar dibe vuruyordum.

Ruh halimi toparladığım zamanlarda insanlar bana, "Durup dururken neden böyle sırıtıyorsun? Deli misin? Kafayı mı yedin? Bu kadar sıkıntın varken nasıl bu kadar rahatsın? Ne kadar geniş adamsın! Hayat bu kadar kolay mı? Niye bu kadar mutlusun?" deyip, alaycı bakışlarıyla beni süzüyor, moralimi bozuyorlardı.

Beni kandıran, üzen kişileri affettiğimde herkes, "Nasıl oluyor da bu kadar kolay affediyorsun! Ben olsam hayatta affetmez, yaptıklarını fitil fitil burnundan getirirdim! Onun yaptıkları yanına kâr mı kalacak?" diyorlardı. Ben de bunları her duyduğumda elimde olmadan dolduruşa geliyordum. Moralim bozulunca tekrar dibe vuruyordum. Bu sefer de etrafımdakiler, "Gördün mü yaptıkların işe yaramıyor! Ben sana demiştim bunlar deli saçması diye! Olumlu düşündü diye insanın işleri yoluna mı girermiş! Gelmeyen ödemeler, ödenecek borçlar düşünceyle hallolur muymuş! Hadi canım sen de!" gibi şeyler söylüyorlardı.

Değer verdiğim insanların bir tek sözü, tepkisi ya da davranışı benim tüm çalışmalarımı yerle bir ediyordu ve filmi en başa tekrar tekrar sarıyordum.

Hatta bir dönem etrafımdakilerden, özellikle de sevdiklerimden bu sözleri sürekli duymak benim de kendimden şüphe duymama sebep oldu. "Acaba ben yanlış yolda mıyım? Yoksa saçmalıyorum da farkında mı değilim? Hayat bu kadar zorken ben neden olaylara tepki vermek yerine olumlu yaklaşıyorum? Diğerleri gibi mi yapmalıyım? Onları mı dinlemeliyim acaba?" diye düşündüğüm çok oldu.

Hayatımda çok sıkıntı yaşamış, çok zorluklar çekmiştim. Bu olayları yaşarken, her seferinde bir şeyler öğrendim, kendimle ilgili yeni bir şey keşfettim ve her olayla birlikte kendimi biraz daha iyi tanıdım.

İnsanların söyledikleri sözler, verdikleri tepkiler üzerine düşünürken dengede kalamadığımı fark ettim.

Bu aşamada hayatımdaki en önemli şeylerden birisinin **DENGEDE KALABİLMEK** olduğunu anladım...

Yaşadığım olumsuz bir olay karşısında dengede kalamıyordum. Affettim dediğim kişiyle karşılaştığımda köpek gören kedi gibi diken diken oluyordum. Anlıyordum ki affedememişim.

Öfkeleniyordum, sinirleniyordum ve kendimi kontrol edemiyordum. Kendimi ipin üstünde yürümeye çalışan bir cambaz gibi hissediyordum; dengemi her kaybettiğimde aşağı düşüyordum! "**Sırat köprüsü böyle bir şey herhalde!**"

Anladım ki, insanların sözlerine takılı kalmamın en büyük sebebi korkularımdı!

Hata yapma korkum olduğundan, her işimi mükemmel yapmaya çalışırdım. Ben hata yapmaktan korktukça, daha çok hata yapıyordum. Başarısızlıktan korktuğum için, başaramayacağımı düşünerek o işe ya hiç başlamaz ya da en mükemmelini ben yapmaya çalışırdım ki kimse bir şey söyleyemesin. İnsan ne zaman kendisini savunmaya geçer? Suçlanma korkusu varsa, insanlar ne der korkusu varsa, hata yapma korkusu varsa, kendine güveni yoksa ya da gerçekten suçluysa...

Ben suçlanma korkum yüzünden, birçok kez anlamsız yere suçlandığımı iyi hatırlıyorum. Yapmadığım birçok şeyin sanki ben yapmışım gibi konuşulduğunu duyduğumda önceleri çok öfkelendim. Ve her seferinde de hep kendimi savunmak zorunda kaldım. Sonradan dönüp kendi içime baktığımda suçlanma korkumdan dolayı bunları yaşadığımı fark ettim.

Bir şeyi alışkanlık haline getirmek ya da bir düşünce yapısını yerleştirmek için 21 gün boyunca düzenli yapılması gerektiğini biliyordum.Ben de bunu denemeye karar verdim. Burundan derin nefesler alıp vererek olumlamalarımı her gün tekrar ettim. Hatta her aklıma geldiğinde içimden tekrar ettim. Her fırsatta canımı sıkan olayları, insanları çizgisiz beyaz bir kâğıda yazıp, kâğıdı yaktım. Birine sinirlendiğim anda hemen burnumdan derin nefes alıp içimden, "**Seni olduğun gibi kabul ediyorum ve affediyorum**..." diye geçirirdim. Ama bana 21 gün yetmemişti, neredeyse üç ay, hatta biraz daha fazla sürdü dengeye ulaşmam. "Dengede kalma" konusunda çok zorlandım ama artık başarabiliyordum.

Evet, artık daha dengedeydim. Ama şu an bile ara ara aklıma eski olumsuz düşünceler geldiğinde, içimde yine olumsuz duygular kabarabiliyor, herkeste olduğu gibi. Fakat ben hemen burun nefesimi alıyor ve olumlamamı yapıyorum, olumsuz düşünceler tutunamıyor ve kayıp gidiyor.

İniş çıkışlar insanı yoruyor. Dengede kalarak yaşamak güzel bir duygu. Şükürler olsun, hamdolsun!

Hangi tekniği uygularsam uygulayayım, dengedeysem işe yaradığının farkındayım.

"Dengede olmaya niyet ediyorum."

"Her kim ne yaparsa yapsın, ne söylerse söylesin bu benim değerimi değiştirmez."

"Yaşadığım her olayı ve kişileri oldukları gibi kabulleniyorum ve affediyorum."

"İnsanların benimle ilgili olumsuz düşüncelerinin onlar için kendi yaşamlarında yaratım, benim içinse hoşgörü ve sevgiyle kabullenme, dengede kalma sınavı olduğunun farkındayım."

8. BÖLÜM

İLAHİ AKIŞA GÜVENMEK VE AN'DA KALMAK

Eskiden çok kontrolcü biriydim. Kontrol bende olduğu sürece her şeyin güvende olacağına inanırdım. Hayatım kontrolden çıkmasın, altüst olmasın diye hep müdahale ederdim. Gelecek kaygılarımdan dolayı, sürekli kontrolcü yapımı korudum ve sürdürmeye çalıştım. Gün geldi, gücüm yetmedi... Kontrol etmeye çalıştığım her şey, kontrolden çıktı... Her şeyimi bir bir kaybetmeye başladım, tutunacak hiçbir şeyim yoktu. Ama ben ısrarla kontrol etmeyi sürdürdükçe her şey kontrolden daha hızlı çıkıyor ve hayatım gittikçe daha da altüst oluyordu.

Allahım, nasıl bir ıztıraptı bu böyle?

Kaybettiğim kontrolü elime geri alıp hayatım altüst olmasın diye uğraşırken, karşıma çıkan bir söz beni kendime getirdi:

"Ne korkuyorsun hayatının altı üstüne gelecek diye? Nereden biliyorsun hayatının altının üstünden daha iyi olmadığını?" (Şems-i Tebrizi)

Değişime ne kadar direndiğimi fark ettim.

Ne yapmalıyım?

Araştırdıkça "akış" ve "anda kalmak" terimleriyle karşılaştım.

Neydi akış ve anda kalmak?

Bedenimin bir enerjisi vardı. Bu enerjinin büyük bir kısmını geçmişteki olumsuz olaylara, yaşanmışlıklara ve kötü hatıralara; diğer büyük bir kısmını da gelecekle ilgili kaygılara harcıyordum. Bana şu an yapmakta olduğum şeyler için çok az bir enerji kalıyordu. Kendi karakter yapımı düşündüğümde alıngan, kırılgan, insanların söylediği ve yaptığı her şeyi kafaya takan birisiydim. Çok az bir enerjiyle hayatımı sürdürüyordum. Bu noktada ciddi bir farkındalıkla irkildim!

Geçmişe harcadığım enerjimle, daha yaşamadığım geleceğe harcadığım enerjiyi, yaşamakta olduğum "şu an"a çekebilirsem hayatımda büyük bir değişim yaratabilecektim.

Bunun üzerinde uzun bir süre çalıştım. Çünkü hiç bilmediğim ve haberim olmayan bir konu ve süreçti. Boşa harcadığım, başkalarına kaptırdığım enerjimi kendim için kullanacaktım. Hem de tamamını... Yapmam gereken teoride basitti... İlahi akışın ne olduğunu bulacaktım ve o akışa güvenecektim.

Bir akşam gökyüzüne bakarken bir şey düşündüm... Biz insanlar bu dünyada yokken bile Güneş, gezegenler, yıldızlar yerindeydi... Ve hiçbir aksaklık olmadan ilahi bir mucizeyle düzgün bir şekilde varlıklarını sürdürüyorlardı. Demek ki ilahi düzen gayet düzgün çalışıyordu. Ben o sisteme Allah bilir kaç kez kontrol edeceğim diye müdahale edip, kendimi gereksiz yere dara sokmuştum.

Düzgün çalışan bir çark sistemine müdahale için elini sokarsan ne olur? Ben bu çarka elimi çok soktum. Olmasını istediğin her şeyi geciktirmekten başka bir işe yaramıyor.

Bunu fark ettiğimde bu defa sinirlenmemiştim. Çünkü yaşadıklarımı kabuldeydim.

"An"da kalabilmek için kendi hayatımda denemeler yapmaya başladım. O an her ne yapıyorsam sadece yaptığım şeyi düşünmeye çalıştım. İlk başlarda aklıma sürekli geçmişten olumsuz düşünceler veya gelecekle ilgili endişeler geliyordu. Bu düşünceler aklıma her geldiğinde dikkatim dağılıyordu.

İlk denemelerim küçük şeyler üstüneydi. Bir yemek yapmak, bir film izlemek, evi temizlemek gibi günlük ve basit işler... Acaba bu basit işleri yaparken düşüncelerim kaç kez başka yerlere gidiyordu? Eskiden evi temizlerken, televizyon izlerken asıl amacım, kafamın içinde dönüp duran düşünceleri yavaşlatmak ve susturmaktı. Şimdi ise evi temizlerken sadece evi temizlemeyi düşünüyor ve bundan keyif alıyorum. Her işimi bu şekilde yapmaya başladığımda eskiden "tesadüf" dediğim, şimdi ise "mucize" dediğim olayları yaşamaya başladım. Aslında yaptığım çok basitti: Her ne iş yapıyorsam düşüncelerimi sadece o işe odaklıyordum ve severek yapıyordum. Bunu yapmayı üç ay kadar sürdürdüm.

Evet, artık hayatımda gözle görülür değişimler başlamıştı. Bendeki ve hayatımdaki olumlu değişim artık etrafımdaki insanlar tarafından da görülebiliyordu. "Asla değiştiremem! Elimden bir şey gelmez! Başaramam!" dediğim durumların, düşüncelerim değiştikçe olumlu yönde ilerlediğini gördüm. Bunu düşüncelerimi ve bakış açımı değiştirerek yapmıştım.

Tam, "Vay be! Bu kadar kolay mıydı?" deyip sevinmek üzereyken hemen içimden olumsuz bir ses, "Neden ben otuz senemi zorluklara harcadım? Hayatımın çoğu boşa geçti!" demeye başladı. O an aklıma şu sözüm tekrar geldi: "Şimdiki aklımın olması için yapardım!"

Eskiden korktuklarımı başıma getirme konusunda oldukça başarılıydım ve niyetim bunu tersine çevirebilmekti! Bu konuda ilerlemeler yaşamımda devam etti.

Ben bunu yaptıkça, annemin, kardeşlerimin ve kızımın da iyiye doğru değişmeye başladıklarını gördüğümde oldukça şaşırmıştım. Ne ilginçti! Ben iyiye doğru değiştikçe, etrafımdaki herkes iyiye doğru değişiyordu... Bugüne kadar hizmet edip saçımı süpürge ederek karşımdaki insanları mutlu etmeye çalışmak yerine, kendimi mutlu ederek etrafımdaki birçok kişinin daha kolay mutlu olduğunu görmek güzeldi. O zaman dedim ki: "SEVGİYLE YOLA DEVAM..."

Enerjimi yaşadığım "an"a odaklamaya başladıkça "ilahi akış"ın varlığını gözlemlemeye başladım. Aslında ilahi akış her zaman vardı, sadece ben kendi kontrolcülüğümden, geçmiş ve gelecek üzerine fazla düşünmekten bugüne kadar farkına varamamıştım.

Şöyle bir şeydi: Yaşadığım sokakta "Girilmez!" trafik levhası vardı. Ben araba alana kadar yıllardır orda duran tabelanın farkında bile değildim.

Bir şeyi görememek, o şeyin olmadığı anlamına gelmez!

İlahi akışı kendi hayatımda hissetmeye başladığım anda hayatın aslında kolay olduğu halde bunu yıllarca benim atalarımdan getirdiğim düşünce yapılarımla zorlaştırdığımı fark ettim. Bütün evrende her şey güvendeydi. Bizlerin güvende olduğu gibi. Her zaman hepimiz ilahi koruma altındayız.

İlahi akışa güvendikçe fark ettim ki kendime ve Yaradan'a olan güvenim de artıyor.

Bu süreçte bir şey daha hatırladım: Melekler...

İmanın şartlarında diyordu ki: "Allah'ın birliğine inanın, meleklerine inanın, kitaplarına inanın, peygamberlerine inanın, ahiret hayatına inanın, hayır ve şerrin Allah'tan geldiğine inanın."

Yaptığım araştırmalarda insanların meleklerden yardım istediğini fark ettim. İlk başlarda buna çok büyük tepkiler gösterdim: Allah'tan istemek varken neden meleklerden istiyorduk? Acaba günah mı işliyorduk? İlahi akışın içerisinde meleklerden yardım istemek ne kadar doğruydu? Dinden mi çıkıyordum?

Bu bir anda benim bütün dengemi altüst etti. Çünkü kulaktan dolma dini bilgilerime göre meleklerden yardım istemek bir günahtı. Doğrudan Allah'tan istemeliydim.

Bu sefer de içimdeki hislerimi dinledim ve kulaktan dolma bilgiler yerine, Kuran-ı Kerim'i elime aldım. Karar verdim, bilgiyi kaynağından öğrenecektim. Ve anlayarak, hissederek okumaya başladım.

Okudukça kafam daha çok karıştı. Bana öğretilenler temelde günahlar ve cezalara dayalıydı. Kuran-ı Kerim'de yazan ise bağışlama, sevgi ve huzura dayalıydı. Diğer kutsal kitapları ve peygamberlerin sözlerini de inceledim ve aynı bakış açısını onlarda da buldum. Hepsinin temelinde affetme, kabule geçme, sevgi ve "BİR"lik vardı.

Kuran-ı Kerim'i okudukça fark ettim ki; Allah hiçbir şeyi boşa yaratmamış. Melekleri, insanlara koşulsuz yardım etsinler diye yaratmış. Eğer melekler bizlere koşulsuz yardım için yaratıldıysa neden biz onları yok sayıyorduk?

"Yaradan sadece bu dünyanın yaratıcısı değil. Tüm evrenin yaratıcısı. Bu yüzden kitap aracılığıyla bizlere aktardığı bilgileri koşulsuz kabul ediyorum. Allah tarafından bize koşulsuz hizmet için yaratılan meleklerden yardım almayı kabul ediyorum. Bundan sonra kızdığım insanları Allah'a havale etmek yerine oldukları gibi kabulleniyorum ve affediyorum."

Benden istenen buydu. Ben de koşulsuz şartsız uymayı seçtim. Zaten Allah'ın izni olmadan bırak meleklerin bize yardım etmesini, bu evrende bir kum tanesi bile yerinden oynayamaz. Yani muhteşem çalışan ilahi bir sistem var. Bana düşen de bu sisteme sevgiyle uyum sağlamak. Yaradan'a da her zaman şükür ve hamd etmeyi hatırlamak.

Yaradan'ın yarattığı sisteme koşulsuz ve şartsız uymaya başladığımda, hayatıma mucizeler üstüne mucizeler, güzellikler üstüne güzellikler artarak gelmeye başladı.

Bir iş yaparken hem bildiğim duaları ediyorum hem de ilahi akışa sevgiyle bırakıyorum. Ben akışa güvendikçe bir şekilde o iş oluyordu.

Bu süreçte dileklerimi ve bana geri dönüşlerini incelemeye başladım. Ve şunu fark ettim: Sadece kendim için istediklerimle, ben ve herkesin hayrı için istediğim dileklerin gerçekleşme süreleri farklıydı. Ben ve herkesin hayrı için istediğim dilek sadece kendime istediğim dilekten çok daha hızlı gerçekleşiyordu. Sanki bütün evren o dileğin gerçekleşmesi için seferber oluyordu.

Bunu fark ettikten sonra her dileğimi hep şöyle diledim:

"BÜTÜNÜN HAYRINA İSE KOLAYLIKLA VE SAĞLIKLI BİR ŞEKİLDE OLSUN."

Yeni düşünce yapım şöyleydi:

"Hayatın akışına güveniyorum, kendimi mucizelere açıyorum, mucizeleri hak ediyorum, kalbi temiz olan insanların mutlu olma ve başarma dönemi olduğunu biliyorum. Güzel olan her şeyi hak ediyorum."

Dibe vurduğum günden, ilahi akışa ayak uydurana kadarki süreç neredeyse üç yıl sürmüştü. Bu süreç iniş çıkışlarla dolu; bazen mutlu, bazen de ümitsiz bir süreçti. Pes etmedim ve kendime bir söz verdim:

"Başkalarına harcadığım emek ve zamanın onda birini kendime harcarsam her şeyi başarabilirim. Öyleyse, bunu yapmayı seçiyorum."

Kendime ve ilahi akışın içindeki bana yardım eden her zerreye tüm varlığımla teşekkür ediyorum.

"An"da olmak ve ilahi akışa güvenmek bu hayattaki en büyük mucize ve zenginlik.

Allahım, eskiden şikâyet ettiğim fakat şimdi farkına vardığım ve yaşadığım tüm olumsuzlukların aslında beni sana ulaştırmak için olduğunu sevgiyle kabul ediyorum ve düşüncelerimin sorumluluğunu alıyorum.

"Senin aşkını, ışığını seçiyorum."

"Yarattığın sisteme kolaylıkla ve sağlıklı bir şekilde uymaya niyet ediyorum."

"Ben ve sevdiklerim güvende..."

9. BÖLÜM

EVRENİN İLAHİ DİLİNİ KONUŞMAK

Yaradan hepimizi sevgisinden yarattı ve bizleri koşulsuz seviyor. Bizim de bu yaşam sürecinde aslında tek bir sınavımız var:

Yaradan'ın bizi sevdiği gibi bizim de birbirimizi koşulsuz sevmemiz!

Bunu başardığımız zaman sınavı da başarmış oluyoruz. Yani karşımızdaki kişinin fikirleri bizimkinden ayrı dahi olsa; farklı renkte, farklı dilde, farklı dinde, farklı bir toplulukta veya farklı bir yolda bile olsa biz onu gerçekten, **Yaradan'dan ötürü, koşulsuz affedebiliyor muyuz? Kabullenebiliyor muyuz? Sevebiliyor muyuz? Değer verebiliyor muyuz?**

Öfkeliysek, gerginsek, sinirliysek, içimizde hesaplaşmalarımız varsa veya birilerini çekemiyorsak; her ne yaşarsak yaşayalım, yüz bin kere haklı dahi olsak, öfke, kızgınlık, kırgınlık ve alınganlık sahip olduğumuz enerjimizi düşürüyor. Düşük bir enerjiyle istediğimiz gibi bir hayata nasıl ulaşabiliriz ki?

Yapmamız gereken aslında çok basit. "Eleştirme! Yargılama! Suçlama! Hatalı arama! Kendini de hatalı ve suçlu görmekten vazgeç! Sen yapamazsın! Sen başaramazsın!" diyen bütün kalıpları da sevgiyle iptal et. "Kendini ve başkalarını kötülemekten vazgeç. Herkes senin oyun arkadaşın ve onlar senin verdiğin rolleri oynuyorlar." Kendiniz için bir adım atarak yola başlayın. Yargılardan kurtulup geçmişi affettiğinizde gelecek endişeleriniz kendiliğinden temizlenecek. Boşa çıkan enerjinizle hayatınıza mucizeleri kolaylıkla getirebileceksiniz.

Bunları başarabileceğinize tüm kalbimle inanıyorum. Benim gibi inatçı, değişime zor ayak uyduran biri bile değiştiyse herkes değişebilir...

Yaradan'la olan bağımı her zaman güçlü, sağlıklı ve temiz tutabilmem için herkesi koşulsuz sevmem ve kabullenmem gerekiyor. Herkesi koşulsuz sevip kabullendikten sonra benim Yaradan'la olan ilahi bağım güçleniyor. Yani tövbe ettiğimde (kırgınlık, kızgınlık, öfke, alınganlık ve tüm hesaplaşmalardan uzaklaştığımda) Yaradan'la olan bağımı güçlendiriyorum, dileklerim ve dualarım duyuluyor!

Evrenin İlahi Dili'ni konuşabilmek için Yaradan'la olan bağımızın güçlenmesi gerekiyor. Bu bağın kurulması için kitapta kendi geçtiğim güzergâhı sizlerle tüm açık kalpliliğimle paylaşmaya çalıştım.

Fark edeceksiniz ki; siz de bu yolda ilerlerken kendi içsel yolculuğunuza çıkacaksınız.

İlahi Düzen'in size yardım etmesine izin verin. Sonsuz idrak sahibinin ilahi bir düzeni ve bu düzenin mükemmel bir akışı var. İlahi Düzen bizim için her şeyi hazırlar ve getirir. Akışta olduğumuza güvenirsek her şey yolundadır.

Tüm benliğinizle akışa güvendikçe bu bağ daha da güçlenecek ve **Evrenin İlahi Dili**'ni keşfedeceksiniz. Hayatınıza bu yolda ilerlerken mucizeler geldiğini hissedeceksiniz.

Hatırlayın! Bu keşifte yalnız değilsiniz...

Ben kendimi ve herkesi oldukları gibi kabullendim ve affettim... Bolluk ve bereketi hak ediyorum... Sağlıklı olmayı hak ediyorum... Hayat arkadaşımla birlikte huzurlu, sağlıklı, uyum içerisinde yaşamayı hak ediyorum... Kendimi geliştirmeyi ve bu dünyadaki hayat amacımı bulmayı hak ediyorum...

Kitaptaki bilgileri sevgiyle paylaşmanızı niyet ediyorum...

Sevgiyle...

Bülent Gardiyanoğlu

FARKINDALIK EKİ

"Ben kendi yolculuğumu ve ulaştığım farkındalığı sevgi ve sizlerle paylaştım, şimdi sıra sizin içsel yolculuğunuzda...

Lütfen bu sayfayı sevgiyle açın, kaleminize AŞK mürekkebi doldurun ve tüm samimiyetinizle kendinizle yüzleşin.

Haydi siz de kendi hikâyenizi yazın!

Bu ekte doldurmanız gereken başlıklar bazen size aynı şeyleri yazdırabilir.

Tekrarlardan kaçınmayın! Farkındalıkla yazdım ki kendi içinizden gelenlerin sağlamasını yapabilesiniz diye...

İyi yolculuklar...

SAÇIMI SÜPÜRGE EDİYORUM ÇÜNKÜ...

HAYATIMDA TEŞEKKÜR ETTİKLERİM, İYİ Kİ VARSINIZ!

YORGUNLUKLARIM

TOPLUMUN BENDEN İSTEDİKLERİ
BENİM İSTEDİKLERİM

1.BÖLÜM
UYANIŞ

ŞU AN İÇİNDE BULUNDUĞUM HAYATIMI AŞAĞIDAKİ ŞEKİLDE DEĞERLENDİRİYORUM.

KENDİM İÇİN YAPTIKLARIM?

BAŞKALARI İÇİN YAPTIKLARIM?

MUTLULUKLARIM NELERDİR?

MUTSUZLUKLARIM NELERDİR?

YETER ARTIK DEDİKLERİM?

NEDEN HEP BEN?

2. BÖLÜM
FARKINA VARMAK

SIKÇA YAŞADIĞIM DENEYİMLER

İNSANLARDAN BEKLENTİLERİM

KİMLER İÇİN FEDAKÂRLIK YAPIYORUM VE KARŞILIĞINDA NE BEKLİYORUM?

(FEDA +KÂR) KÂR ETMEK İÇİN NEYİ FEDA EDİYORUM?

KAYBETMEKTEN KORKTUKLARIM

3. BÖLÜM
KABULE GEÇMEK

KABULE GEÇTİĞİM DURUMLAR VE İNSANLAR

YENİ BAŞLANGIÇ YAPMAK İSTEDİĞİM KİŞİLER

YARGILADIKLARIM

KİMLERİ VE NELERİ ELEŞTİRİYORUM?

KISKANDIKLARIM

YALANLARIM

ÖZELLİKLE KENDİME OLAN YALANLARIM

4. BÖLÜM

AFFETMEK VE YENİ BİR BAŞLANGIÇ

AFFETTİĞİM KİŞİLER

KENDİMİ AFFEDİYORUM

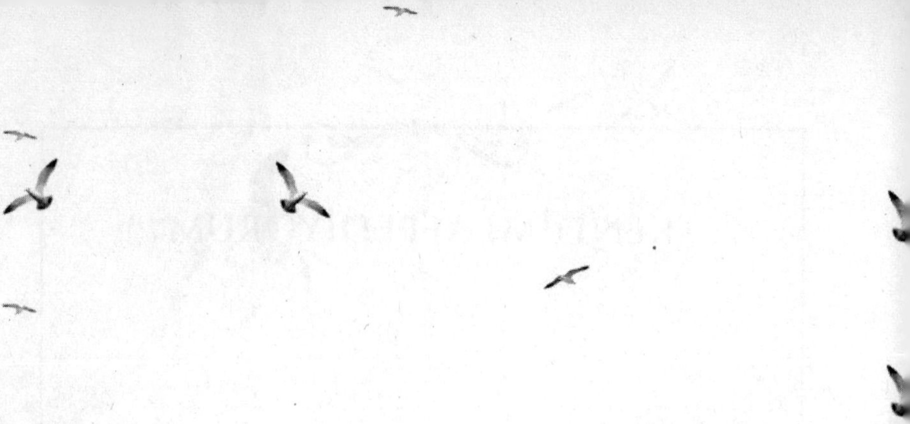

5. BÖLÜM

NİYETLERİM VE DİLEKLERİM

DİLEKLERİM

HEDEFLERİM

NİYETLERİM

HAYALLERİM

HAYALLERİME ULAŞMAK İÇİN ATTIĞIM ADIMLAR?

6. BÖLÜM
DENGE

KENDİ DENGEMDE GÖRDÜĞÜM PROBLEMLER

DENGEDE KALMAK İÇİN YAPMAM GEREKENLER

7. BÖLÜM

İLAHİ AKIŞ VE AN

KORKULARIM

KORKULARIMDAN KURTULMAK İÇİN OLAN OLUMLAMALARIM

İLAHİ AKIŞA GÜVENMEKLE İLGİLİ OLUMLAMALARIM

AN'DAYIM ÇÜNKÜ...

8.BÖLÜM

FARKINDAYIM VE EVRENİN İLAHİ DİLİNİ KONUŞABİLİYORUM

ÇÜNKÜ...

BUNLARI YAZARKEN NELER FARKETTİM?

ARTIK NASIL BİRİ OLMAYI SEÇİYORUM?

GÜVEN İÇİNDEYİM ÇÜNKÜ...

Bülent Gardiyanoğlu,

"Ben değişirsem, dünya değişir!"

sloganıyla Kıbrıs'tan başlayarak Türkiye, Almanya, Belçika, Hollanda, İngiltere, Azerbaycan ve yeni eklenen ülkelerde Seminerlerine ve Yaşam Koçluk Kampları'na sevgiyle devam ediyor.

Siz organize olun, biz şehrinize gelip sevgiyle seminer vermeye ve kamp yapmaya hazırız.

Uluslararası Uyanış-Farkındalık-Arınma ve Hayata Yeniden Başlangıç Kampları

Bülent Gardiyanoğlu kendi geliştirdiği tekniklerini, doğayla iç içe kamplarında sevgiyle paylaşıyor...

Dünyanın dört bir yanından kendini bulmak isteyen kişilerin katıldığı kamplar devam ediyor. Kendine ve sevdiklerine faydalı olmak isteyen herkese açık olan kamplarımıza katılmak ve bilgi almak için bizlerle iletişime geçebilirsiniz.

OKUL SEMİNERLERİ

- Eğitim Kurumlarına Özel Seminerler
- Eğitim Kurumlarındaki Öğretmen ve Öğrencilere Özel Farkındalık ve Nefes Çalışması Seminerleri
- Derslerimde Nasıl Daha İyi Olabilirim?
- Sınav Heyecanımı Nasıl Atabilirim?
- Sınav Başarısını Yükselten Nefes Çalışmaları
- Öğretmen-Öğrenci İlişkisini Dengelemek ve Güçlendirmek
- Öğrencilerin Aileleriyle Sevgi Bağlarını Güçlendirmek
- Öğrencilerin Kendi Hayat Sorumluluklarını Almalarında Yol Göstermek
- Öğrencilerin Hayallerindeki Mesleği Bulabilmelerinde Yardımcı Olmak ve daha birçok konuda faydalı bilgileri sevgiyle paylaşıyoruz.

NOT: Devlet okullarına verilen seminerler ücretsizdir.

BİLGİ VE KAYIT

MERKEZ:

ADA Gelişim

0224 225 43 43

0532 457 93 93

Ankara: 0544 203 15 00/ 0505 818 79 05

0506 838 17 19

Belçika: 0032 484 5347 80

Kıbrıs: 0533 872 00 90 / 0548 862 00 90

evreninilahidili@gmail.com

www.evreninilahidili.com

www.bulentgardiyanoglu.com

www.kuzey-kibris.com

facebook.com/evreninilahidili1

twitter.com/bgardiyanoglu

Benim adım Hıdır, elimden gelen budur arkadaşlar :)

Hepimiz aynı gemideyiz. Duygularınızı, düşünce ve önerilerinizi bizlerle e-posta yoluyla paylaşmanız dileğiyle.

Sevgiyle yola devam...

Bülent Gardiyanoğlu

evreninilahidili@gmail.com

Ücretsiz kişisel gelişim videoları

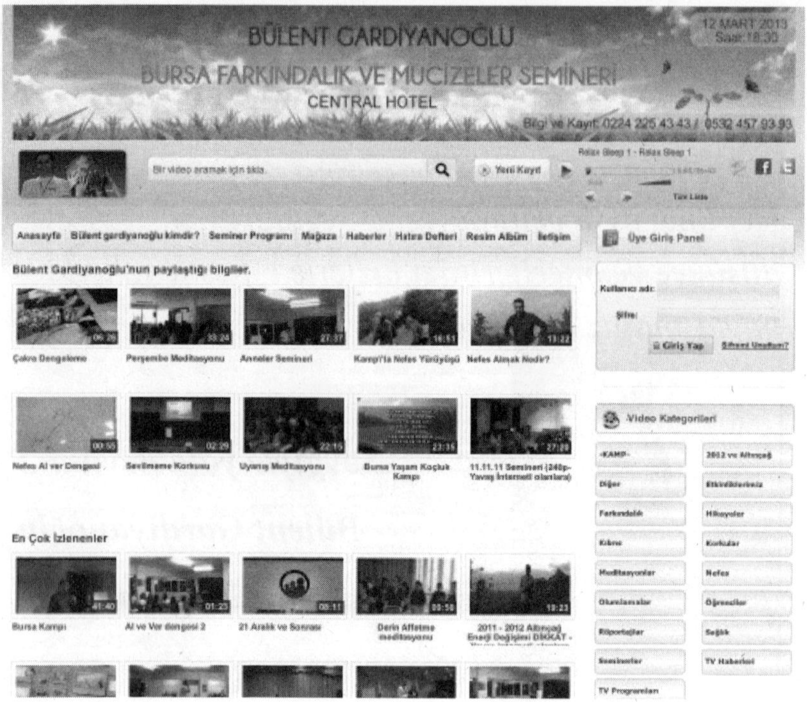

Lütfen tüm yazı ve videoları arkadaşlarınızla paylaşınız.

Ücretsiz kişisel gelişim yazıları

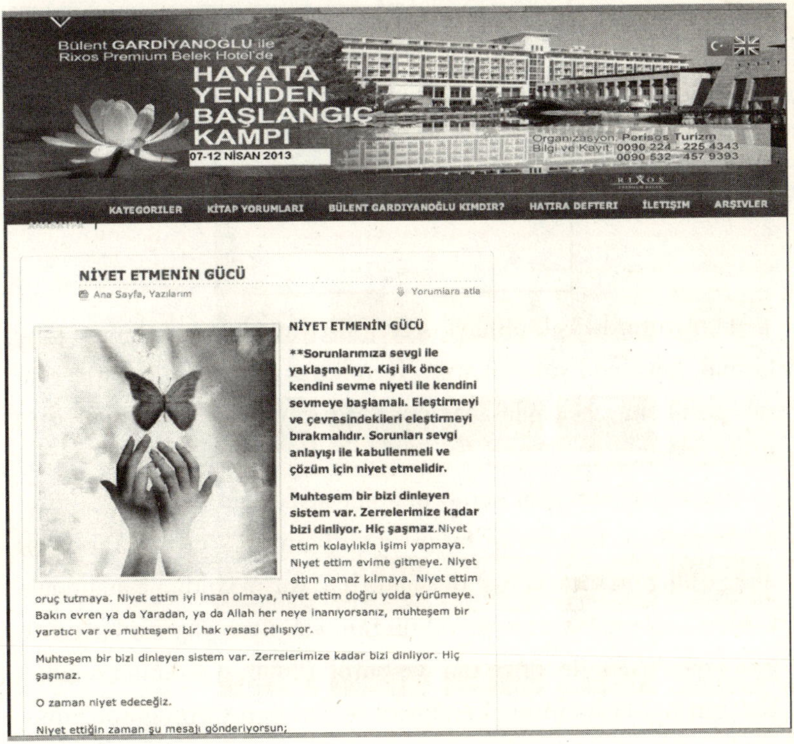

Lütfen tüm yazı ve videoları arkadaşlarınızla paylaşınız.